Pascale LOU

Vous auriez dû tuer bébé…

Roman

Société des Ecrivains

Sur simple demande adressée à la
Société des Écrivains, 147-149 rue Saint-Honoré, 75001 Paris,
vous recevrez gratuitement notre catalogue
qui vous informera de nos dernières publications.

—

Texte intégral

ISBN 978-2-7480-3637-4

PROLOGUE

Ce livre n'a pas été écrit dans le but de juger les personnes qui ont traversées ma vie. Certaines ont fait leur mea culpa ou ont subi les conséquences de leurs actes. Tous ont une conscience, d'autres ont été sûrement poursuivis par leur culpabilité.

CHAPITRE UN

La genèse du début de la fin :

Il était une fois… Ce livre va commencer comme un véritable conte de fées… Il se poursuivra comme un véritable « compte de mauvais faits » !

Mes parents habitent le même petit village. Ils sont très jeunes : tout juste quarante ans à eux deux. A chaque fois qu'ils se croisent, ils sont attirés l'un par l'autre. Une attirance purement physique. Un jour maman fait ses commissions dans le village. Elle transporte des pommes de terre dans son panier. Elle aperçoit le beau jeune homme qui lui fait tant d'effet à chaque fois qu'elle le rencontre. Elle se trouve en haut d'une côte. Lui est sur la route en contrebas. Ne sachant pas comment lier contact avec celui qui allait devenir mon père, elle fait mine de trébucher, renverse son panier, et voilà mon père qui court aider ma mère à ramasser ses légumes.

Cette rencontre « inopinée » sera suivie de quelques rendez-vous lors de festivités villageoises… Ils se rencontrent ensuite en cachette… Très rapidement, le ventre de maman s'arrondit, obligeant ces deux esthètes à se passer la bague au doigt, ou plutôt très vite « la corde au cou ».

Tout le monde s'accorde à dire qu'ils forment un duo incroyablement bien assorti : ils les surnomment Alain Delon et Romy Schneider. Papa est grand, mince, musclé. Il est brun aux yeux verts. Maman est blonde aux yeux bleus. Le bébé, bien évidemment non désiré, comme beaucoup d'autres à cette époque, allait être un magnifique poupon, et ferait la joie de ces parents si beaux, et surtout si jeunes… Bien entendu, ce sera un garçon : il faut perpétuer le nom des ancêtres. Ce sera plus tard un homme droit, costaud, qui représentera dignement ses aïeux ! Il servira dignement sa patrie !

A la grande déception de tout le monde, une jolie poupée qui n'a pas demandé de venir au monde, fait son apparition… La cigogne les a trahis : la livraison d'un bébé, mais en plus, d'une FILLE ! Ma sœur aînée, Marie, aux joues roses et rebondies comme la pomme empoisonnée de Blanche Neige, va devenir le premier accident dans la vie de ce jeune couple, dont seule la beauté est le ciment…

Ma grand-mère maternelle accueille au rez-de-chaussée de sa maison, ce petit trio. En entrant dans leur appartement, mes parents entrent dans leur vie d'adulte, dans leur vie de parents... C'est tout petit! Deux chambres, une cuisine, une salle à manger. Il y a un joli jardin devant la maison, que ma grand-mère entretient avec minutie et beauté : de beaux et charnus légumes côtoient des rangées de fleurs aux couleurs vives. Il est très agréable de s'y rendre et de ramasser des salades ou des tomates, ou de faire de beaux bouquets. Cela permet également d'améliorer le quotidien. Cet endroit de vie pourrait-être un petit nid douillet. Et pourtant, l'enfer commence à rencontrer cette nouvelle et si belle petite famille, que tout le monde peut envier! Le problème, c'est qu'on ne s'improvise pas parents d'une petite poupée qui réveille la nuit et qui casse les oreilles avec des pleurs qui montent si haut dans les décibels.

Pour parfaire cet idyllique tableau, la si gentille cigogne revient, en apportant, quinze mois plus tard, un second cadeau... Ce cadeau, encore moins bien venu, répond au prénom de Renée... Contrairement à Marie qui ressemble à papa, brune aux yeux verts, Renée a les cheveux clairs et les yeux gris bleus, comme maman. Et oui, une seconde fille est née, pour effriter encore plus vite le vernis déjà fragile de ce couple que constituent mes parents. Le premier enfant ne marche pas encore, que la seconde embarrasse les bras. Maman n'a pas beaucoup de temps pour se remettre de ces deux accidents successifs, qu'il faut qu'elle reprenne son travail dans l'école du quartier. Elle seconde l'institutrice qui dirige une classe unique, dans laquelle les enfants ont de deux à six ans. Elle qui aime tant les enfants, elle ne peut même pas changer d'air quand elle va travailler ! Elle est déjà bien fatiguée : gérer la vie familiale, avec tout ce que ça implique, ménage, repas et couches. Son sourire disparaît petit à petit, pour laisser place à de l'amertume. Elle aurait pu faire autre chose de sa vie... Un de ses rêves aurait été de poser dans les magazines de mode, style catalogue de vêtements par correspondance ! Il est vrai qu'elle a un charme fou. De plus, elle sait s'arranger : elle a le don de se mettre en valeur avec n'importe quel « chiffon », ou alors elle est tellement belle, que n'importe quel « sac » devient un bel emballage. Elle est réellement une esthète : elle a une facilité pour dénicher plein de petites choses qui lui seyent absolument, ou qui embellissent la maison. Elle sait se maquiller, mettre en valeur ce qui est le plus beau dans son physique : une vraie poupée, sans vulgarité. Mais le problème, maman est une personne très nombriliste, imbue de sa petite personne : il faut qu'elle soit belle, qu'elle soit la plus belle, et pour cela, nous, ses filles, nous n'avons pas le droit de rentrer dans la « compétition ». Même aujourd'hui encore, alors qu'elle a eu a subir les conséquences de son trop grand narcissisme. Finalement, elle n'a jamais eu la capacité de se faire de réelles amies, n'étant pas apte à un quelconque don de soi. Ces phrases sont sûrement surprenantes à lire : c'est une critique acide. Comment peut-on parler de sa maman ainsi ! Qui suis-je pour me permettre de la juger ? Mais j'assume totalement ces propos : au fur et à mesure que mes sœurs et moi-même nous avons grandi, elle a réellement développé une jalousie par rapport à notre jeunesse. Plus sujette aux compliments, elle adorait que les personnes lui disent qu'elle pourrait passer pour une de nos sœurs, et, rapidement, elle s'en vantait à tout le monde ! Pourtant, elle est tellement intelligente ! Rien qu'à regarder sa réussite professionnelle ! Et pourtant, grand dommage, que de superficialité ! Pour sa défense, il est vrai qu'elle a eu une enfance difficile, interne dans une école de jeunes filles « riches », études prises en charge par des bourses communales de l'époque. Elle, fille orpheline de père, fille de paysans de surcroît, elle a été humiliée par ses camarades de classes, en arrivant en cours en sabots, alors que les autres portaient de belles chaussures. Beaucoup se moquaient d'elle, ce qui la profondément stigmatisée à intégrer et à développer un sentiment de honte de ses origines agricoles. Expérience rude et injuste de sa vie, elle n'a pas su, ou pas pu, prendre le contre-pied de cette douloureuse étape de sa vie. Quand elle raconte ce qu'elle a subi, elle dit qu'on lui reprochait de sentir la bouse de vaches, et que l'odeur de la ferme lui était devenue, depuis cette époque, insupportable. Elle a même déployé de grands talents d'injustice perverse, et de moqueries envers son prochain, que ce soit quelqu'un de son entourage ou pas. Vengeance inconsciente sur des victimes non responsables des paroles de ces personnes. Si vous lisez ce livre, vous devez trouver que je suis telle une vipère qui crache son venin, que je suis irrespectueuse et méchante de vous livrer des moments très intime de ma vie, en salissant les autres. Pourtant raconter mon histoire est telle une thérapie, un réel exutoire. Je ne peux plus tout garder pour moi, tous ces non dits me font trop de mal ! Je n'arrive plus à les porter. Peut-être que j'essaie de me débarrasser d'un fardeau qui est devenu trop lourd. Pour parvenir à me construire, j'ai besoin de me délester de cette souffrance que je n'arrive plus à gérer, à ne plus avaler ! Je vomis de saturation par des mots ! Je rejette un trop plein d'injustice et d'incompréhension, si longuement ingurgitées !

Les valeurs humaines profondes qui m'ont été inculquées, l'ont été par ma petite mémé, petite femme à la grande âme, et respectueuse des autres, sensible à la souffrance autour d'elle, sincère représentante de la simplicité et de l'authenticité, s'oubliant elle-même, au profit des autres. Si elle était née dans une tribu indienne, elle aurait largement pu prendre la place du « sage », avec un profond don d'amour à l'autre, sans jugement, gratuitement… La valeur de l'âme ne doit pas être génétique, chacun se construit avec ses propres cicatrices, en faisant ce qu'il peut !

Lors d'une formation professionnelle, un intervenant en psychopathologie m'a profondément troublée : dans ses mots, j'avais l'impression de me retrouver. Il expliquait, en donnant une image, la construction psychique de tout être humain, en le comparant à un fromage. Ce dernier, au départ intact, se mettait à vieillir, à sécher, pour ne devenir qu'esquinté de trous, tel un gruyère, marques indélébiles des souffrances et des frustrations de la vie ! Gouffre plus ou moins profond, selon l'itinéraire que chaque personne affronte ou subit. Cela m'a permis également d'être plus réceptive et compréhensive, voire indulgente, par rapport à certains comportement : que ce soit dans ma vie de tous les jours, ou bien avec les personnes que j'approche en maison de retraite. J'essaie de me remettre en question, et de prendre du recul, par rapport à des attitudes qui me heurtent et m'énervent parfois. Et puis, j'ai pris conscience de mes interventions qui peuvent être destructrices, ou trop dans le jugement facile. Chacun porte une souffrance, ce n'est pas pour cela que les autres doivent devenir des boucs émissaires ! Je suis construite avec beaucoup de défauts, il faut que j'accepte ceux des autres. Personne n'est parfait, pourtant, il est si facile de décevoir et d'humilier l'autre, en se croyant supérieur.

CHAPITRE DEUX

L'apprentissage en paternité :

Papa, de son côté, n'a pas été préparé, si on peut l'être, à mener une vie si rangée, si cadrée, d'autant plus avec deux enfants si petits. Aîné d'une famille de cinq frères, il a toujours été livré à lui-même, très tôt, seul dans la rue, élevé par les gitans du coin. Il reste en lui un énorme besoin d'indépendance et de liberté. Et puis, il n'a pas été arrosé de tendresse pour pousser, il n'a pas appris ce qu'est la patience, et qu'il en faut beaucoup pour accompagner des bébés, malheureusement si lourdement dépendants, surtout pendant les premiers mois de la vie ! Et puis, dans sa famille, on n'était pas très démonstratif. Pas de temps à perdre avec des élans d'amour, et puis d'abord, c'est quoi l'amour ? Subsister est l'essentiel, c'est le seul but à atteindre : papa est né pendant la guerre, il faut de la nourriture pour vivre. Pas d'autres questions à se poser, si ce n'est le refus d'invasion d'un quelconque étranger en France : résistant pendant ces années d'occupation, mon grand-père paternel a gardé l'obsession de voir la France envahie par des personnes d'autres nationalités. Lors d'une descente de la Gestapo chez mes grands-parents, mon grand-père a fait le choix de cacher des armes sous papa, dans le couffin : celui-là, évidemment bébé, a donc, dès sa naissance, été « utile » seulement occasionnellement. Mon grand-père a vieilli dans un attachement complet et fidèle à des groupements très extrémistes. Il a été plus tard un fervent admirateur du front national, et fier de présenter sa carte d'adhérent. Mon père et mes oncles ont donc été nourris dans la haine et la répulsion profonde de l'Etranger ! Mes grands-parents ont du beaucoup souffrir, dans leur orgueil, lorsqu'un de mes oncles s'est remarié avec une femme d'origine algérienne ! Tout d'abord, il a fallu qu'ils encaissent le fait que ma première tante divorce, et parte refaire sa vie avec un autre homme. Mon grand-père l'a même poursuivie un jour avec une carabine pour la tuer ! Quelle honte, il faut laver l'honneur de la famille ! Comme si ça le regardait !

Et puis mes grands-parents ont gardé un besoin presque vital de la restriction et de l'économie, que ce soit financièrement ou affectivement parlant. Pas de temps à perdre avec des simagrées ! Ils n'ont jamais levé le moindre petit doigt lorsqu'un de leurs enfants a eu de gros soucis financiers. Lors de leurs enterrements respectifs, ils ont du être tout enorgueillis, s'ils ont pu le voir, je l'espère pour eux, de montrer aux gens combien ils allaient être bien installés dans leur beau caveau familial. N'ayant démontré aucun amour à leurs enfants, ils n'en ont pas plus distribué à leurs petits-enfants. Pas de Papi complice ou de Mamie gâteau pour nous. Lors du divorce de mes parents, plusieurs années plus tard, mes sœurs et moi-même, nous avons complètement disparu de leur univers : nous sommes des filles, et en plus, ils n'ont jamais particulièrement apprécié leur belle-fille, une fille de paysans, eux des ouvriers ! En plus, qui est cette bru qui n'est même pas capable de faire des garçons ? Un autre monde : on ne mélange pas tout.

Ayant accouché de cinq garçons, ma grand-mère a dû quand même être frustrée, de n'avoir pas eu de fille, car elle a élevé le dernier fils comme si s'en était une : il ne semble pas en avoir souffert, car il a réellement été bichonné par sa mère. Quand il a été papa à son tour, j'ai toujours eu de bons retours sur l'attention et l'amour qu'il portait à ses trois enfants : retours indirects, puisque je ne les ai pas rencontrés. Les trois autres frères également. Ont-ils reçu plus d'amour parental ? Ou alors, ont-ils pris le contrepied d'une enfance difficile ? Je ne le saurais jamais. En tous cas, je l'espère pour eux, et surtout pour leurs enfants.

Mon grand-père est décédé, lors d'un repas, une nuit de réveillon de Noël : alors qu'il mangeait du foie gras, il a fait un infarctus. Il est tombé de sa chaise, sans rien dire, mort ! Je suis appelée pour le préparer pour le « grand voyage ». Je deviens, par ma formation professionnelle, quelqu'un d'important et d'indispensable, pour quelques instants en tous cas. Drôle de rencontre après toutes ces années !
Ayant un profond respect de la personne âgée, morte de surcroît, je me suis autorisée à lui parler doucement lorsque me suis retrouvée seule avec lui lors de la toilette : sans compte à régler, je lui ai juste demandé d'essayer de m'aimer maintenant, d'apprendre à me connaître. Et puis surtout, je lui demande d'essayer de trouver l'apaisement, lui qui a toujours vécu autant dans la lutte. Je remarque l'incroyable ressemblance qu'il a avec mon père, et par là même, avec moi. Je trouve que son visage semble serein : il n'a pas du souffrir en s'éteignant, ou alors pas longtemps. Ses traits sont détendus. Je le dis après à papa, qui cache sa tristesse derrière des fous rires nerveux.

Un fait incroyable ou une coïncidence s'est produit cette nuit-là : mon grand-père a toujours été profondément et définitivement athée. Une de mes tante s'est acharnée à lui croiser les mains sur la poitrine, et à déposer autour un chapelet : d'un coup, les mains se sont ouvertes, et toutes les perles noires se sont éparpillées dans la chambre, d'où l'effroi de ma tante ! Mon grand-père avait peut-être dans sa personnalité un côté comique, bravo la blague, ou alors il a voulu défendre jusqu'au bout ses convictions religieuses ! Troublant ! Ou hasard ! Je ferme la parenthèse… Chacun ses convictions. En tous cas, ça a fini d'entretenir un climat électrique : que se permet cette « pièce rapportée » ? Que se permet cette belle-sœur si « cul cul la praline » avec ses histoires de curaton ? Chacun se quitte en se faisant la trogne. Il a fallu de longs mois pour que mes oncles et tantes se réconcilient vraiment entre eux, et avec mon père.

Lors du décès de ma grand-mère, papa est hospitalisé : il est très fatigué. Que doit-on faire ? Lui annoncer ou lui dire plus tard qu'il est devenu orphelin ? Tout le monde est d'avis de le lui cacher pour l'instant. Je trouve que ce n'est pas normal. Je prends la décision de le lui révéler : comme d'habitude, il ne montre aucune peine. Il me remercie de mon courage, et il me dit qu'il a bien réussi mon éducation, que je suis forte, et qu'il est fier de moi. Ces propos finissent de me mettre mal à l'aise !

Je ne sais pas si sa mère avait une grande importance à ses yeux. En tous cas, il n'a rien montré. Il a du s'autoriser à être triste seulement quand je suis partie ? Du moins je le suppose : les parents sont nos racines.

Je l'ai représenté à l'enterrement, mais je me suis sentie comme une étrangère aux côtés de cette famille qui ne semblait pas être la mienne. Ma sœur Marie, elle, est réellement tombée en panne de voiture, à quelques kilomètres du cimetière. Elle m'a dit que ça lui avait enlevé un certain poids, qu'elle était très mal à l'aise à l'idée d'approcher ces gens, surtout dans de telles circonstances. Encore une fois, lors d'un décès dans la famille, drôle de coïncidence : ma soeur n'a pas pu assister à l'enterrement. La seconde a refusé de venir. Je suis presque dévisagée du fait de la curiosité : « est-ce une des petites filles ? Où sont les deux autres soeurs ? » Moi qui voulais passer inaperçue, j'ai tout gagné !

Je me retrouve donc seule, au milieu de ces gens, que je ne reverrais normalement que dans de tristes circonstances...

CHAPITRE TROIS

Une vie bien organisée

Papa travaille à l'usine, dans le secteur automobile. Il a des horaires de travail de nuit. La journée, il dort, très peu de temps, avec mes deux sœurs comme compagnes. De plus, afin d'arrondir les fins de mois, il pêche et chasse, ramasse des champignons qu'il vend aux gens du village. A ce rythme-là, à la maison, les conditions de vie familiale se dégradent, alors que matériellement parlant, et ce malgré l'acquisition d'une petite voiture, les fins de mois sont plus douces. Papa peut se déplacer d'un endroit à l'autre plus rapidement maintenant. Malheureusement, ceci contribue, au lieu de rester plus souvent à la maison, d'agrandir son territoire d'escapades ! Il revient chez nous bien alcoolisé. Maman lui reproche, évidemment elle a raison, d'être ivre donc dangereux au volant de sa petite voiture. Papa lui ferme le caquet d'un coup de poing dans la figure : les nouvelles et horribles habitudes font leur apparition, papa prend le visage de maman pour un pushing-ball, sur lequel il est facile et bon de se défouler. Papa fuit de plus en plus la maison, et retrouve régulièrement ses si gentils et compréhensifs amis, dans une amicale. Les éclats de rires résonnent de plus en plus régulièrement lors d'une partie de pétanque ou de belote, et très vite, dans des beuveries interminables. Le décor est presque entièrement posé. Deux éléments vont bientôt finir de mettre le feu à cet enfer déjà si prometteur !

CHAPITRE QUATRE

Un cadeau empoisonné

Papa et maman sont très jeunes encore, très beaux, et plein de pulsions libidineuses difficilement maîtrisables. Leurs disputes se terminent par des réconciliations libertines… Malheureusement pour eux, la contraception n'est pas encore facilement délivrée en France. Dix-huit mois plus tard, la cigogne réapparaît, emportant sous son aile, une troisième et dernière petite FILLE… MOI, l'objet du délit ! Un seul prénom est choisi : Valentin… Merci papa, merci maman, vous m'avez quand même trouvé un autre prénom : je m'appelle Pascale, j'arrive un torride jour d'été, maman ne se souvient plus si c'est le jour où la nuit. Tout le monde est désespéré. Quel coup du sort, toujours pas de garçon. Maman se rappelle juste comment elle m'a souhaitée la bienvenue : tout le long de mon enfance et lors de ma vie d'adulte, elle m'a taraudée qu'elle m'avait mordue sévèrement quand elle a pris connaissance de mon identité de fille. Ce bébé si mal venu, semble les narguer, avec son petit corps si potelé, et si plein de vie! C'est vrai qu'il était indispensable de me faire prendre connaissance de ses pulsions morbides et cannibaliques, il y a de quoi être fière! Ou alors me le raconter a du lui servir à me faire mal encore une fois. Pas de maman caresse, pas de maman tendresse, maman vampire, enfant martyre. Maman dépressive, papa encore plus fuyant, et encore plus buvant...

Les crises de nerfs, les cris des parents mêlés à ceux des enfants, l'alcool et la fatigue aidant, la maison qui aurait pu être celle de la beauté, devient l'antre de Satan...

Pour ma part, je suis un bébé pénible, pas en pleurs, mais de terribles coliques me labourent régulièrement le ventre. Je souille donc ma literie, sûrement pour les embêter, selon eux! Il me semble me souvenir d'une nuit, (ai-je cauchemardé ?) dans laquelle je me suis réveillée alors qu'une odeur nauséabonde envahissait ma chambre, celle de mes sœurs donc. Je me sens arrachée de mon lit par deux bras puissants et les cris de mes parents me transpercent les tympans. Je n'ai malheureusement (ou heureusement d'ailleurs), que peu de souvenirs de ma petite enfance, obligatoirement liés à de la douleur, de la peur, une angoisse toujours présente en pensant à l' « après » et la sensation d'un danger imminent, d'une insécurité, et de la peur des coups... Il m'a fallu des années pour perdre l'habitude de lever le bras pour me protéger, lorsque quelqu'un faisait un geste brusque ou imprévu près de moi. Heureusement, c'est de plus en plus rare maintenant : si les gens le remarquent parfois et font des réflexions (non motivées par la moquerie), je ne peux pas répondre à leurs interrogations et suis très gênée. Dans ces moments-là, je me mets à rougir, comme si je devais en avoir honte ! J'ai eu un travail à effectuer pour arriver à canaliser ce flot d'émotions : j'essaie par une respiration calme et profonde, de ralentir le flux sanguin qui colore mes joues. Je réussis souvent à cacher ce complexe.

Et ça empire donc : une petite fille de moins de trois ans, une seconde presque débutante à la marche, et la troisième dans le berceau. Des enfants, des enfants, des enfants omniprésents, et en plus des filles, qui arrivent, les unes après les autres afin d'envahir et perturber l'univers déjà bien conflictuel de mes parents. Le petit appartement que mémé boulette nous prête devient vraiment tout petit. Nous

nous retrouvons, facteur bien aidant, encore plus les uns sur les autres : du bruit, des cris, bonjour la proximité et la sérénité !

Ma grand-mère, ma petite « mémé boulette », essaie d'être le plus discret possible. Habitant au-dessus de chez nous, j'imagine ce qu'elle doit vivre et endurer ! Elle ne peut défendre ni sa fille, ni ses petites filles ! Quel sentiment d'impuissance doit la ronger ! Elle compense avec des énormes câlins, de tendres bisous et des bonbons. Je pense qu'elle a tellement peur d'en rajouter, de déclencher une colère chez mon père et que celui-ci ordonne que l'on déménage ! Un jour, elle prend son courage à deux mains : elle descend, entre, et se met au milieu des coups. La pauvre, elle en récolte autant, et elle est renvoyée chez elle la tête bien colorée. Elle est priée de s'occuper de ce qui la regarde, autant par mon père que par ma mère ! Alors, elle nous sort souvent de cet univers, et nous emmène ramasser des fleurs, près de chez nous. Là, elle nous offre notre goûter à base de pain et de sucre ou de chocolat. Nous nous assoyons sur un banc de pierres, les oreilles aux aguets, en frémissant de peur à l'idée d'entendre le moteur de la voiture de papa. Impossible de savourer le présent et les plaisirs qui peuvent être associés. Difficile, voire impossible d'oublier cet enfer que nous allons retrouver ! Toujours la peur d'être coupable, d'exister, d'être responsable de tous ces ouragans qui détruisent chaque jour une famille. Je prends l'entière responsabilité de ce qui arrive. Pourquoi suis-je rentrée dans leur vie ? Pourquoi la nature, parfois si bien faite, m'a laissée vivre ? N'existe-t-il pas, comme pour les ordures, un tri sélectif ? Il parait que ça arrive lorsque les bébés ont de trop importantes déformations. Pourquoi suis-je si mauvaise, pourquoi suis-je ce monstre qui énerve et dégoûte tant mes parents. Sans moi, que serait leur vie ? Pourquoi je vis pour n'entraîner que cette violence ? Ce n'est pas possible de provoquer tant de drames ! J'ai dû être créée par le diable, je suis un bébé démoniaque, responsable du déchirement des êtres que j'aime le plus au monde.

La situation dégénère encore lorsque papa, l'alcool aidant, se met à lever plus fréquemment la main sur ma mère. Elle se réveille le matin avec les mêmes marques violacées que moi sur le visage, et me hurle que si je n'étais pas là, mes parents n'en seraient pas là non plus. Ces hématomes, c'est donc moi qui les ai provoqués. De les voir me dégoûtent car ils s'associent à de la douleur : je fais donc souffrir maman, psychologiquement et maintenant physiquement. Peut-être qu'un jour, ils auront la chance avec eux, et que je disparaîtrais de leur vie, et qu'ils verront leur vie soulagée de ne plus supporter ce fardeau si lourd et si destructeur ! Peut-être que mes sœurs auront droit à plus de sérénité, de douceur et qu'elles subiront moins les conséquences des crises dont je suis la plupart du temps à l'origine.

Longtemps, cette culpabilité m'a poursuivie, elle me poursuit encore aujourd'hui. Je leur ai dérobé ce qu'elles méritaient : l'attention parentale et aimante à laquelle elles auraient dû prétendre. Je suis une destructrice, je suis la responsable de tous leurs malheurs. Pourquoi fais-je tant souffrir les gens que j'aime ? Quel esprit machiavélique me pousse à faire tant de mal ?

Je me souviens particulièrement d'un jour ou je suis restée seule, toute petite, à la maison, car je suis malade : nous avons à cette époque, une adorable petite chienne, un « bâtard », appelée Dolly. Elle est très joueuse, mais elle sait aussi être très tendre et affectueuse. Elle est très belle ! Sa robe est multicolore, et ses longues moustaches qui me chatouillent parfois le nez lors de câlins, sont grises ! Elle est avec papa lorsqu'il va à la chasse, mais elle passe plus de temps à jouer avec les papillons, qu'à lever un quelconque gibier ! Je me réveille donc cet après-midi de ma sieste bien reposée, en tous cas, suffisamment pour faire le clown avec elle ! Je me rappelle que nous nous amusons toutes les deux dans mon lit : je l'excite avec mes chaussettes en coton tricotées par maman. Elle trouve un bout de fil sur lequel elle tire en grognant, tout en remuant son popotin : c'est trop rigolo ! J'en ris aux éclats, c'est trop super ! Que ça va vite pour détricoter ces chaussettes que maman a mis si longtemps à monter ! Le retour de mes parents est bien moins drôle. Pour une fois, la punition à base de claques est justifiée ! Le problème, c'est que ma petite chienne en subit également les conséquences ! Maman louve, maman qui me protége, elle a toujours cherché à me rassurer, grognant après ceux qui m'approchaient, me suivant toujours pas à pas. J'ai du être très triste lorsqu'elle est décédée. J'étais petite, je ne m'en souviens plus. L'ai-je cherchée ? Elle a du profondément me manquer ! Lorsque plus tard j'ai demandé à papa ce qu'elle était devenue, il m'a répondu qu'elle était morte subitement dans l'eau, lors d'une escapade avec lui. Il était profondément triste, elle était une bonne, fidèle, et soumise compagne.

CHAPITRE CINQ

Une enfant monstrueuse

Alors, je deviens une enfant souriante, offre l'image même du bonheur, à toutes les personnes extérieures. Mes parents disent que je suis une enfant turbulente, qui chahute beaucoup, et se fait souvent mal, d'où les bleus qui maquillent mon visage d'enfant de chœur, si pervers et manipulateur, enfant hyperactif à la maison, véritable tyran pour eux. Ces explications rassurent tout le monde et les culpabilisent aussi. Comment a-t-on pu imaginer un instant qu'il pouvait se passer quelque chose de si grave dans cette famille, pour qu'un enfant en subisse les conséquences. Et puis qu'aurait-on pu dire et faire : chacun sa vie, et puis le papa n'est pas facile ! On le voit bien sur le visage de la maman, pourtant si beau, que la main du mari doit être leste. Vous me direz, il n'y a pas de fumée sans feu. Elle n'est peut-être pas si clean que ça ! Quel besoin d'aller travailler, alors que trois enfants l'attendent à la maison! Pauvre mari qui travaille la nuit, et garde ses filles la journée! Ca ne peut que lui porter sur les nerfs! Il est donc l'unique victime dans cet univers de femmes! « Voyez d'ailleurs ce qu'il est arrivé l'autre après-midi! La dernière, la petiote, s'est sauvée de chez elle. Elle a longé le bord du Rhône, au risque de se noyer, les pantoufles à l'envers, et surtout dans la neige, seulement vêtue avec un maillot de corps! ». Cet épisode m'a beaucoup fait rire quand on me l'a raconté quelques années plus tard! Les ouvriers de l'usine où travaille mon père ont aperçu une petite chose se déplaçant dans la neige. Ils se sont approchés, et m'ont reconnue. Lorsque ces messieurs m'ont ramenée à la maison, il parait que c'était comique: j'avais pensé, avant de partir, à piquer du chocolat dans le réfrigérateur, et j'en avais le visage tout barbouillé! Papa ne voulait pas admettre qu'on ait retrouvé sa fille, puisqu'elle était sensée dormir dans sa chambre! Moi, je commençais juste à parler, et il parait que je n'arrêtais pas de dire: « monsieur pas gentil, il m'a tapé culcul ». En effet, afin de me réchauffer, un ouvrier m'a frictionnée les fesses assez efficacement. Ensuite, il m'a vite enveloppée dans un manteau, et il m'a ramenée chez moi. Il parait que je n'ai même pas eu seulement un petit rhume, (le chocolat doit avoir un pouvoir énorme contre les maladies! Bonne thérapeutique, dans tous les sens du terme!). Par contre ma mère a foutu un sale ratichon à mon père, qui aurait du me surveiller. Comment aurait-il pu vraiment profondément se reposer? Mémé boulette se fait également sermonner: n'a-t-elle pas entendu le portail grincer lors de son ouverture? Je leur ai fait honte, encore une fois!

En tous cas, dans cette habituelle ambiance, la vie suit son cours. Le compte en banque de mes parents s'étoffe: bien sûr, ils n'ont pas le temps, avec leur travail et leurs filles à gérer, de dépenser leur argent en plaisir quelconque! Ont-ils seulement encore la notion du plaisir? Tout du moins, l'ont-ils seulement envisagé pour nous cinq ensembles?

Moi, je ne rêve que d'une chose, m'excuser d'être là, d'être moi, et devient petite souris cherchant un trou dans lequel me cacher, pour ne plus avoir mal de leur faire du mal. Les conséquences pour ma vie de femme, se sont traduites par un inconscient et cruel besoin de plaire, de ne pas décevoir, et paradoxalement être moins vigilante à ne pas faire de mal à ceux qui m'aiment, plus attentive et soumise aux autres. En ayant subi l'injustice, je la redistribue à mon tour! Merci mon psy de m'avoir aidée à reconnaître ce dysfonctionnement. A moi d'essayer d'arrêter ce transfert. On ne fait pas souffrir les gens qu'on aime, on ne profite pas, même inconsciemment de leurs sentiments aimants. J'ai le droit d'être aimée et d'aimer, je ne dois pas garder seulement mon énergie pour me battre contre ceux qui n'ont pas d'affinités pour moi. Je ne plairais jamais à tout le monde, je ne ferais donc pas n'importe quoi pour leur plaire. Ou alors en renonçant à tout orgueil et respect de moi-même. L'injustice me bouleverse, et, en moi, il reste un abîme de manque d'amour, de dépréciation de soi, de frustrations à jamais ancrées très profondément. Culpabilité de perdre les gens que j'aime, et souvent cruelle déception quant à l'ouverture de mon cœur. Cette plaie, maintenant désinfectée, ne cicatrisera jamais, car elle a été entretenue trop longtemps. Mais une grande victoire, l'acceptation débutante et timide de la possibilité d'être un être aimable, dans le sens pouvant être aimée ! Quand je relis ces dernières lignes, il me semble que je me suis fait, comme dans la Bible, une série de commandements qui me rassurent. Les ai-je réellement intégrés. Est-ce que je les transpire réellement inconsciemment ? Prendre connaissance et conscience de certaines choses, ne solutionne pas forcément les problèmes. Ce qui ramène encore plus de culpabilité : je sais, et pourtant je fais. Je suis vraiment un être primaire ne sachant que faire souffrir en ne maîtrisant pas certaines pulsions perverses et destructrices. Je ne parlerais pas de pulsions animales, l'animal ne faisant que souffrir et tuer pour des raisons de survie. Et puis surtout, l'oiseau peut s'envoler, la carpe être silencieuse, le papillon de nuit être éphémère. Moi, je suis un élément nuisible et omniprésent. Me remettrais-je un jour de toutes ces carences affectives et de toute cette culpabilité destructrice ?

CHAPITRE SIX

Un moindre « mâle » :

Les semaines et les mois passant, la dépendance de mes sœurs et de moi-même s'amenuise. Mes parents semblent un peu moins tendus. Ils peuvent enfin souffler un petit peu ! Mais moi je m'évertue à continuer à faire pipi dans mon lit, juste pour « embêter » mes parents qui ont déjà tant à faire ! Alors mon père me sort de mon lit par les cheveux, et me trempe le nez dans mes draps souillés. Un autre cercle très vicieux s'installe : quand mon père s'approche de moi et que je sens une quelconque tension, systématiquement, je fais pipi par terre et mon père m'écrase le nez dedans. Mes sœurs ont peur, elles hurlent, et reçoivent, à cause de moi, les coups de mes parents. Je m'en veux, je me hais, elles me font pitié. Je me réfugie dans un coin, en suçant mon pouce, en me maudissant. Pourquoi fais-je donc ça ? Je suis donc vraiment méchante, c'est bien fait pour moi, ils ont raison de me détester, je leur pourris la vie. Je suis donc « une fille, mais en plus une dégueulasse même pas bonne à donner à manger aux cochons ».

Plus de temps libre pour mes parents, me laisse entrevoir la possibilité de prendre une place dans la vie de mon père. Je les laisse donc me traiter et m'élever en garçon. D'où la tonte de mes cheveux, tel un appelé partant à l'armée. Sur une des photos d'école de cette époque, je suis la seule petite fille aux cheveux rasés : c'est une des seule preuve attestant de leur plaisir ou de leur besoin à me masculiniser. Je ne dois pas pleurer sous les coups, ne pas jouer à la fille en portant des robes ou des jupes, encore moins à la poupée. Lors d'une fête de Noël, à l'école, nous avons une distribution de cadeaux, de la part de la municipalité : j'ai droit à un adorable petit lapin en peluche, comme tous les garçons de la classe. Les filles, quant à elles, reçoivent une toute petite poupée ! Je suis honteuse et très triste que ma mère m'ait fait ça : c'est elle qui a passé la commande à la mairie ! Je pleure devant tout le monde, et je jette la peluche par terre. Ma mère me gifle, en me disant que je ne suis jamais contente, que je suis une capricieuse, et prend tout le monde à témoin de mon mauvais caractère. A la maison, elle raconte tout à papa, qui se dépêche de m'apprendre à être reconnaissante, en me mettant une fessée mémorable! Il faut que j'arrête de me faire remarquer, parce qu'après ils sont obligés de me corriger. Ce n'est pas de leur faute. Je prends le parti d'essayer de ne plus les décevoir, et de me transformer, le plus possible, en petit garçon. En échange, j'ai le droit d'accompagner mon père à la pêche, à la chasse, aux escargots, et aux champignons! Je côtoie ses amis. A leur vue je deviens présentable et supportable! Mon père n'a pas honte de moi. Alors j'attends impatiemment l'heure de mettre mes bottes en caoutchouc et de filer avec lui, dans la nature où tout est si calme et silencieux. Je ne dors rien dans la nuit qui précède nos sorties, parce que je n'ai pas de réveil, et que j'ai peur que papa m'oublie. Mon père n'est pas ce qu'on appelle un « viandard »: il passe de nombreuses heures à marcher et à admirer la nature, écoute les oiseaux. Tant pis s'il ne ramène rien à la maison. Pour moi, c'est le paradis. Je suis bien. Je respire à son rythme, marche dans ses pas. Je ne veux rien rater, je marche tellement près de lui que je pourrais avaler le gaz carbonique qu'il expulse! Et puis je suis encore plus satisfaite quand il « n'assassine » pas d'animaux! Je m'enivre de ces nouvelles odeurs, de ce nouveau bonheur d'être enfin l'enfant de mon père, enfant calme et asexué.

Quelle bonté de sa part de supporter d'emmener avec lui cet enfant décevant, insupportable et non désiré ! J'ose, non pas par orgueil, mais avec réalisme, vous avouer que si mon bonheur était incommensurable dans ces instants, je voyais mon père heureux d'être avec moi, comme si son fils existait, et qu'il pouvait lui faire le don de ses connaissances, transmettre son savoir : il coupe « les pieds » des champignons avec des ciseaux, il ne faut pas arracher la racine, autrement ils ne ressortiront plus ! Tel oiseau devient rare et est donc protégé : il ne faut pas le tuer. Telle truite est trop petite, elle doit encore grandir, elle ne fait pas la « maille » ! Quel monstre j'ai été de ne pas naître garçon, bien fait pour moi ! J'ai bien cherché mon malheur. Je comprends qu'il se venge de l'avoir trahi en naissant fille.

Lui me remercie en m'emmenant manger, toujours avec ses potes, de succulentes soupes aux choux ou des tripes, excellentes au goût et jouissives à l'extrême. Aujourd'hui, je me fais une fête d'en manger, car j'associe toujours ces sensations jamais retrouvées. Et si je reçois tant de bien être aujourd'hui dans la campagne, c'est sûrement car cela me rappelle ces moments de bonheur si intenses.

Aujourd'hui, lorsque je suis mal dans ma tête, je prends ma voiture, et je me dirige vers cette ancienne maison : le jardin que je pensais immense, est en fait très petit ! Les yeux des enfants voient tellement grand, eux si petits ! Mais ces pèlerinages me font du bien, même si j'y passe parfois des heures à pleurer. Il m'est arrivé également de m'endormir quelques heures, en rêvant à ma petite mémé boulette.

Mais le problème, c'est que les journées de plein air commencent tôt, que le vin échauffe les esprits, et que nous rentrons tard, avec des bottes crotteuses. Maman se charge rapidement de me renvoyer l'image de souillon, avec de grandes claques dans la figure. Le rêve s'écroule : afin que tout le monde se calme, les coups repleuvent sur les quatre éléments féminins de la maison. « J'avais qu'à nettoyer mes bottes, je mérite bien ce que je reçois ». De plus, la prochaine fois, je suis menacée de ne pas avoir le droit d'accompagner mon père dans ses escapades dominicales. Il faut bien punir quelqu'un : je suis la proie la moins dangereuse à affronter !

C'est vraiment dommage que la qualité de ces journées soit gâchée par ces retours chargés de haine et de douleur !

CHAPITRE SEPT

Instants précieux

A l'école, nous nous lions d'amitié Odile et moi-même. Elle est si belle, ses parents l'aiment tant, elle doit être formidable et méritante. Elle me fascine : que fait-elle pour être une fille si fortement aimée, voire adulée ? A-t-elle un secret que je ne partage pas ? L'ayant croisé dernièrement, il est vrai que sa beauté semble irréelle, très féminine avec ses cheveux toujours aussi longs, ses vêtements si bien seyants ! Son physique de déesse italienne aurait inspiré n'importe quel sculpteur ou peintre ! Quel cadeau des yeux ! De plus, un caractère doux et aucun orgueil mal placé ! Je me maudis encore plus d'être ainsi faite, méchante et souillon, donc punie par ma faute !

Odile et ses parents m'accueillent parfois les après-midi de vacances ou des mercredis. Je savoure ces moments de douceur, cet havre de paix, où tout représente la beauté : beauté des lieux et image bouleversante de cette famille ! Tous ensemble, nous prenons d'énormes éclats de rires en jouant aux petits chevaux ou aux dominos. Les parents peuvent donc jouer avec leurs enfants ? Et en plus cela semble les remplir de bien-être et de joie !

La chambre d'Odile se trouve sous les combles, petit nid douillet où il faut marcher en se penchant, et dans laquelle de magnifiques poupées aux cheveux longs et aux robes de princesses, semblent sourire d'aise dans ce petit paradis, ce petit nid d'ange !

Mais pourtant, je ne suis pas si mauvaise que ça, malgré ce que me disent mes parents. Je ne pense pas avoir éprouvé une seule fois de la jalousie à son égard, mais de la fascination ! Je me souviens de l'avoir croisée, lors de notre adolescence, sur une superbe moto offerte par ses parents, toujours aussi simple, si innocemment belle. Je pense que si j'avais été réellement un garçon, elle aurait été la représentation exacte de mon idéale féminin, si irréellement belle ! Mais aimer est tellement douloureux pour moi, qu'aucun fantasme d'enfant ne vient troubler ces moments. De plus, même amicalement, j'intègre déjà si difficilement qu'elle puisse s'intéresser à quelqu'un de si horrible que moi, dans tous les sens du terme. N'a-t-elle pas de goût, ou fait-elle une bonne action de charité chrétienne ? Leçon de la vie... Cela m'a appris à être sûrement plus tolérante, à moins juger les autres par leur apparence, mais entrevoir leur valeur profonde. Oui certaines personnes ont une réelle et sincère beauté d'âme ! Ils ne se forcent pas pour aimer et aider leur prochain. C'est en eux, c'est inné ! Mais par contre, cela ne m'a absolument pas vacciné par rapport au regard des autres, l'infâme enfant si décevant ne peut être que moche et inintelligent. Déjà, à la base, ma toute première identité, notamment sexuelle, est galvaudée ! Comment se construire en tant qu'être humain pouvant être respecté, si on n'existe pas en tant que personne, avec ses propres caractéristiques ; surtout dans le regard des gens qu'on aime, et surtout dans les yeux de ses propres parents ?

Lorsque je rentre chez moi, je retombe rapidement dans un tourbillon de cris, de noirceur, tous les uns sur les autres du fait de la petitesse du logement, et de l'échange des coups.

CHAPITRE HUIT

Ma perle d'amour

Ma vie change alors irrémédiablement : mes repères, il est vrai pourtant, pas souvent positifs et rassurants, sont bouleversés. Le compte en banque s'étant étoffé, nous allons déménager ! De ce fait, ma grand-mère Boulette aussi : elle ne sera plus aussi proche géographiquement de nous. Elle est âgée maintenant, et décide de se rapprocher du centre du village. Horrible déchirure. Mémé Boulette, mémé tendresse va être plus loin de chez nous ! Elle va louer une petite maison constituée d'une grande chambre, une cuisine, et un point d'eau. Ce qui me tient fortement en souci du bas de mon petit âge, c'est qu'elle va se chauffer au charbon, et que celui-ci est entreposé dans une cave. Ne va-t-elle pas se faire piquer par des araignées, il y a plein de gigantesques toiles ? De plus, pour y accéder, il faut descendre des escaliers tortueux. J'ai peur qu'elle glisse et tombe en hiver : n'est-elle pas partie de son ancienne maison parce qu'elle a désormais de plus grandes difficultés pour se déplacer ? Dès que j'ai la possibilité de lui rendre visite, je cours à la cave pour enlever les toiles d'araignées, et pour la ravitailler pour quelques jours. Son poêle à charbon fonctionne toute l'année : il sert pour chauffer la maison, mais également pour cuisiner. Il ne faut donc pas que le feu s'éteigne !

Lorsque je rentre chez mémé boulette, il y a toujours de bonnes odeurs, des parfums délicieux. Mémé boulette garde précieusement ses épluchures d'oranges ou de citron. Celles-ci sont déposées délicatement et régulièrement sur le fourneau. Elles embaument l'atmosphère.

Qu'est-ce que je peux faire pour protéger mon p'tit coeur, elle qui s'autorise si peu à s'occuper d'elle ?

CHAPITRE NEUF

Enfin le bonheur?

Il est temps de changer de vie, de montrer au monde extérieur que nous formons une respectable et belle famille, qui a réussi, à la force de ses propres coudes, à s'offrir un logement, à en faire pâlir tous ces gens friqués qui n'ont eu que le mérite de recevoir de l'argent de leurs parents… Ou alors ils ont obligatoirement bénéficié d'argent « sale », provenant de magouilles ou de coucheries ! Maman change alors de travail : elle devient salariée dans une agence d'assurances, et se met à côtoyer des gens « autres que ceux de la campagne ».

Commence le festival d'achat de vêtements d'un « autre monde », les parfums qui vont avec, et tutti quinti ! Les crédits tombent à la fin de chaque mois, et maman trouve bientôt un nouveau poste de secrétaire comptable dans un grand garage automobile, mieux rémunéré, et dans lequel le physique doit être « irréprochable ». Papa semble redécouvrir cette femme si belle, que tout le monde regarde. Il la désire comme aux tous premiers temps. Il porte lui aussi des vêtements « qui tombent bien ». Ils semblent avoir des projets de vie en commun, et qui leur correspondent enfin.

Ce qui doit arriver arrive : maman tombe (mot très révélateur) enceinte, et devinez quoi, pour atténuer son chagrin et enthousiasmer mon père..., c'est un garçon qui est annoncé ! La roue de la chance semble tourner en notre faveur. Période prometteuse, porteuse d'espoir : tout pour être bien, le bonheur ! Le prénom qui n'a pas pu être utilisé la dernière fois, va désormais servir : Valentin va naître !

Les coups se faisant déjà plus rares, bien que toujours d'actualité, on semble nager dans le bonheur ! On aurait dû prévoir de grosses bouées, au cas où... Au moment de Noël, maman est hospitalisée d'urgence. Le petit Valentin, depuis si longtemps désiré est mort ! Maman a perdu beaucoup de sang, nous ne savons pas si elle va s'en sortir ! Je me retrouve donc chez mes grands-parents paternels, avec ma sœur aînée. Nous devenons donc, pour cette période normalement féerique, à la charge de ces gens, en nous demandant ce que l'on va devenir. Allons-nous retrouver notre maman ? Mais la seule problématique de mes grands-parents c'est : comment vont-ils y arriver financièrement parlant, à s'en sortir avec nous ? De plus, ce n'est pas la peine de pleurnicher, notre mère est absente mais pas morte ! Elle est costaude, c'est une fille de paysans, elle va s'en remettre ! Ca a au moins ça de bien d'être de la campagne, ces gens n'ont pas manqué de nourriture, (sous-entendu ces égoïstes) pendant la guerre ! Ils sont bien constitués, ils n'ont jamais manqué ! Trois enfants ça suffit, c'est un signe du Seigneur pour nous demander d'arrêter toutes ces inepties : trois gosses, ça suffit ! Bien gentil cet être-là de nous priver de maman et de ce petit frère qui aurait, a lui seul, sauvé toute la famille ! Quel pouvoir destructeur il détient, ce Seigneur auprès duquel on dépose tant d'espoir !

Maman revient très fatiguée, très déprimée, très irritable, mais il faut reprendre rapidement le travail car les banques n'attendent pas, et puis rester à la maison avec trois mioches, ce n'est pas très épanouissant. Surtout qu'elles sont si pénibles et insupportables ces gamines ! Qu'a-t-elle fait de mal au Bon Dieu pour avoir enfanté non seulement trois enfants, mais en plus des filles, et surtout des gosses si décevantes ! Elle envie certains parents qui ont mis au monde de si beaux et gentils enfants, toujours souriant et reconnaissant ! Elle a récolté des pires !

Papa est très déçu : il a perdu ce garçon si longtemps désiré ! De plus, il voit sa femme changer : elle fuit la maison.

Il recommence à faire pareil. Il est évident qu'elle a du souffrir beaucoup dans son corps et dans sa tête : il y a largement de quoi tomber en dépression. Elle aussi a du être fortement déçue ! Et les beuveries recommencent : « dommage lui assènent ses amis, en plus c'était un garçon ! ». Quelle bonne idée d'enfoncer encore plus le couteau dans la plaie : et puis surtout, il faut bien remuer pour faire encore plus de mal ! Ils sont sympathiques et utiles les « amis » de comptoir pour remonter le moral quand tout va mal ! La course à l'illusion et à la beauté recommence de plus belle : désormais nous « méritons » une autre voiture, neuve de surcroît, et nous nous offrons une télévision couleur ! Tous les gens en baveront d'envie devant !

Mon père joue au foot, et revient, après chaque troisième mi-temps, avec une cuite, des coquards et des plaies parce qu'il s'est battu, et maman hurle car elle a fait la bonniche toute la journée. Et puis, elle passe des heures à se lamenter devant son miroir... Les premières ridules font leur apparition ! A ce moment-là, crème antirides et onéreuses envahissent la salle de bains ! Si elle n'avait pas enfanté ces saloperies, elle, si belle jusqu'alors... Elle s'est sacrifiée et enlaidie avec ces grossesses : vives la contraception et le droit à l'avortement ! C'est injuste qu'elle paie si fortement, du prix de sa beauté, ce qu'elle n'a pas désiré ! Elle hait ce mari qui lui a fait ça : lui toujours si beau et si respecté à l'extérieur de l'appartement. Et la voilà, elle aussi, qui se met à noyer son chagrin dans l'alcool ! Au départ, petit à petit : elle n'a pas l'habitude, et elle est rapidement pompette. Le problème, c'est qu'elle n'a pas le vin gai. Nous en subissons rapidement les conséquences !

CHAPITRE DIX

Bienvenue au palace

Lorsque j'ai visité pour la première fois le logement que nous allions acheter, dans une résidence de bon standing avec deux balcons, j'ai cru que nous allions changer de vie, notamment de vie familiale. J'ai eu raison, bonne prémonition, cela a encore empiré. Les appartements, achetés sur plan, sont bien agencés, et du côté décoration, mes parents ont prévu... discret! Les anciens meubles sont jetés à la décharge publique, et surtout saccagés: hors de question d'en faire profiter quiconque. Chacun n'a qu'à se lever pour s'acheter ce qui est nécessaire. Tout dans le neuf, le clinquant, et difficile à entretenir! Maman a prévu des parquets cirés, de grandes baies vitrées, et de beaux meubles noirs et brillants, sur lesquels la poussière attire l'oeil. Pourquoi choisir la facilité de l'entretien, quand on veut épater la galerie! Quelle merveilleuse vitrine! Ne surtout rien toucher ! Mes parents ont choisi un appartement au troisième étage, le plus haut, signe, selon eux, de richesse… Nous disposons également d'un garage, « noblesse oblige » ! Les crédits se multiplient, le nombre d'heures passé au ménage également ! Tout pour aider à créer un petit nid douillet et serein ! Vive le grand standing !

Lors de cette première visite donc, encore une fois je me fais remarquer : je glisse dans les escaliers, j'essaie de me rattraper à la rampe, qui n'est pas fixée… Le sang gicle sur la ferraille, et me voilà avec une balafre de quelques centimètres au poignet gauche, qui flirte avec les veines sous-jacentes. Pas besoin de points de suture, une gifle m'aide à cicatriser plus rapidement…

Deux chambres, une pour mes deux sœurs, une pour mes parents, un grand salon salle à manger, une cuisine, une salle de bains WC (quel confort !) et un grand couloir dans lequel je vais passer de longues heures lorsque je suis punie. La question d'où je vais dormir ne me traverse pas l'esprit : je dois penser que nous dormirons toutes les trois, mes sœurs et moi, dans la même chambre. Je me retrouve le jour de l'emménagement, dans un petit lit, dans l'emplacement d'un placard prévu initialement, avec ouverture et fermeture impossible, car pas de porte, et bien sur, vue panoramique sur le salon ! Difficile pour essayer de disparaître quand les esprits s'échauffent ! Je suis une proie à disposition, bien prise au piège !

Nous n'avons qu'à traverser un grand et beau parc afin d'atteindre l'école primaire. Il y a de grands arbres, du muguet au mois de mai, des roses de toutes les couleurs selon la saison. On peut s'asseoir sur de beaux bancs en pierre et observer les oiseaux virevolter dans ce petit paradis. J'apporte régulièrement du pain ou du beurre en hiver à mes petits chanteurs.

D'autres difficultés apparaissent, mais que personne n'aurait pu prévoir. Et pourtant, encore une fois, j'en suis à l'origine. A l'école, et ce jusqu'en quatrième troisième, j'excelle : non seulement j'apprends facilement, mais en plus, j'adore l'école, et travaille sérieusement. L'atmosphère est si calme et rassurant ! Les « maîtresses » me félicitent souvent. Je suis très docile et attentive. Les problèmes surviennent avec l'arrivée des relevés de notes : ma sœur aînée est elle aussi fortement perturbée (elle se met souvent entre mon père et ma mère lors d'échanges de coups, et elle en reçoit une bonne part, elle aussi). Ou par manque de concentration lors des cours, ou par vengeance inconsciemment, elle pourtant si intelligente, ne ramène que des notes et des appréciations exécrables.

Mon autre sœur, elle, a de plus grandes difficultés : elle fait ce qu'elle peut, mais reste tout juste dans la moyenne. Mes parents exhibent donc nos « trophées », les comparent, et je vois donc encore mes sœurs se faire massacrer à cause de moi ! Ma sœur Renée, lors de fortes tensions, saigne facilement du nez, tout encore aujourd'hui. Pour la calmer, comme dit mon père, elle est baptisée par des douches glacées, après avoir été traînée par les cheveux : j'ai entendu réellement son cuir chevelu claquer ! Ca me dégoûte : j'ai envie de vomir ! Alors je les supplie d'arrêter, je m'en veux de leur faire faire du mal. Je me souviens des heures passées dans les toilettes, à prier pour avoir de bonnes notes, par peur de me faire frapper, la seconde d'après, supplier un quelconque ange gardien d'être nulle à l'école, afin que mes sœurs n'en subissent pas les conséquences…

Mes parents, assez complices parfois dans leur perversité, nous envoient nous calmer, dans le hall d'entrée, à genoux sur une règle en fer, et les mains au-dessus de la tête. Pendant des heures et sur le carrelage, ça devient douloureux ! Si toutefois un fou rire nerveux nous prend et qu'on n'arrive pas à le maîtriser, les coups de poing par la tête nous remettent dans le droit chemin, dans la réalité. Et puis on a intérêt de se réinstaller rapidement et de la bonne manière, celle qui scie bien les genoux, sur nos règles en fer, autrement, on a droit a une seconde distribution : comme parfois à la cantine, il y a du rab ! Nous sommes vraiment gâtées, arrêtons de faire les malheureuses : on a des vies de princesses : « quelle honte de toujours pleurnicher, alors qu'on a des vies de rêve et que nos parents se saignent pour nous, et se privent tant ! »

Nous, avec mes sœurs, nous avons été élevées dans la douleur, physique et psychologique. Trempant dans ce bouillon social glauque, nous prenons l'habitude monstrueuse de nous infliger de belles raclées, toujours à deux contre une, heureusement les duos changent, et après nos parents nous calment les nerfs efficacement ! Que de moments à pleurer de culpabilité après coup. Nous ne devons pas assez avoir mal puisque nous rajoutons encore de la violence et de la douleur ! Nous avons également la bonne habitude de laisser traîner nos affaires dans l'appartement. Pour notre défense, il est vrai qu'il n'y a pas beaucoup de placards de rangement, j'en occupe d'ailleurs un avec ma « chambre ». Où auraient-ils logé Valentin, s'il avait vécu ? Aurions-nous eu une place dans le garage, mes sœurs et moi-même ? En tous cas de nouvelles distributions de volées s'abattent sur nous.

Un jour que nous nous amusons et sautons toutes les trois sur le lit, deux pieds de celui-ci se cassent, et nos fous rires s'arrêtent instantanément. Le lit penche dangereusement en avant, et nous ne pourrons jamais le cacher ! Nous allons nous faire tuer ! Peut-être que si l'on prie, papa ne se rendra compte de rien ! Que d'espoirs déçus ! Ca ne va pas aller jusque-là, mais je m'étonne encore que les rougeurs sur nos fesses aient pues disparaître ! Tant mieux pour le lit, il a pu être réparé ! Le sang qui a giclé de nos plaies, suite aux coups de poing, n'a pas tâché les draps. Ouf, on a eu peur ! Papa a dû frapper proprement…

Parfois je me suis dis que le Bon Dieu me punissait parce que je ne faisais appel à lui seulement pour réparer mes bêtises, seulement par besoin, et non comme tout croyant devrait le faire, assidûment, et non pas par intérêt. Vu son pouvoir de vie ou de mort sur les gens, comme me l'ont dit mes grands-parents lorsque Valentin est mort, quelle inconscience de ma part ! J'ose me mettre à dos un être si respectable, une puissance divinatoire, à moi d'en subir les conséquences. Encore une fois, je paye pour mes impardonnables fautes, enfant égoïste, irrespectueux et méprisable.

CHAPITRE ONZE

Mon petit bonheur tout en rondeurs

Nous grandissons, et je peux désormais aller régulièrement chez ma mémé Boulette, à pieds et seule. Elle compense son impuissance à plus nous protéger, du haut de son mètre quarante six, avec des plats que nous aimons : salade verte avec des œufs, râpées, cuisse de poulet, et,.... délicieux et irremplaçables gâteaux de semoule aux raisins secs ! Je n'en ai depuis lors, jamais mangé un d'aussi excellent par le goût et l'odeur. Toujours le même repas, et les mêmes rituels : à la fin du festin, elle s'allume une petite cigarette brune sans filtre, après avoir quitté son appareil dentaire ! Une vraie tête de Popeye ! Si le vent souffle et que les portes claquent, elle croit que quelqu'un arrive. Alors elle court se laver les lèvres, et se parfume avec de l'eau de lavande ! Comme elle ne veut pas que quelqu'un sache qu'elle fume, elle en a honte, je me demande comment elle s'approvisionne. Je la vois mal rentrer dans un bureau de tabac. En mettant beaucoup de tendresse et non pas de moquerie dans ce que je vais vous écrire, je pense qu'elle ne dépassait peut-être même pas du comptoir !

Avant d'aller se coucher, elle dans son lit, « parce qu'elle est vieille et peut avoir des maladies ! », moi dans le mien, nous regardons l'émission « des chiffres et des lettres », émission que je regarde encore souvent, non seulement parce que j'aime beaucoup jouer, mais surtout avec beaucoup de nostalgie et de tendresse. Ensuite, je m'engouffre sous un gros édredon en plumes d'oie. C'est le bonheur. Je l'entends ensuite presque ronronner, puis carrément ronfler ! Je suis submergée de douceur, de tendresse. Je voudrais mourir de suite !

Mon père refuse presque tout contact avec elle ! Elle a du vendre sa maison du bord du Rhône si chère, la radine : il oublie que l'argent distribué lors de la vente entre ses trois enfants, a bien servi à éponger des dettes qui s'accumulaient.

Retraitée de l'école publique dans laquelle elle faisait le ménage, ma petite mémé Boulette a toujours eu peu de ressources pour vivre : son mari a eu une fin tragique au retour de la guerre. Déporté, il revient dans sa famille dénutri et très affecté physiquement et moralement. Reste les trois enfants à élever, il faut reprendre le travail à la ferme. C'est l'époque des premières voitures : mon grand-père remonte sur un cheval, celui-ci prend peur en entendant une voiture klaxonner, il s'ébroue, et écrase de ses fers son cavalier, presque sous les yeux de sa femme. Il ne devait, en plus, pas avoir assez de force pour maîtriser sa monture. Dans d'autres circonstances, il y serait peut-être parvenu. Les enfants sont petits, il faut tout vendre en urgence, pas le temps de s'apitoyer ! De ce fait, tout est bradé, mais aussi parce qu'on est au lendemain de la guerre et que les potentiels acheteurs ont peu d'argent.

J'aurai toujours en tête mes origines paysannes, image et statut si honteusement repoussée par mes parents : « les paysans, ces culs-terreux ! ».

Mais moi, elle ma nourrie de tendresse, je ne lui ai pas assez souvent dit « je t'aime » et « merci ». J'espère qu'elle l'aura entendu, ou tout du moins, vu dans mes yeux ! Femme de la campagne et de la ferme, elle sera toujours profondément enfouie dans mon cœur, omniprésente. C'est ma petite maman poule, ma mémé Boulette, et je crois aujourd'hui, mon ange gardien : il me semble parfois entendre son rire, voir son déhanchement, sentir la fumée de sa cigarette, ou encore, l'odeur de son eau de lavande ! Tu me manques tellement !

C'et toi qui m'a patiemment appris à faire du crochet, et à tricoter. Bon, le résultat, n'était pas formidable, moi, tellement moins patiente, douée, et consciencieuse ! Toi-même, tu faisais de réelles petites œuvres d'art qui ont malheureusement vite disparues : des dessus de lit, des napperons en coton, ou des tapis avec des découpages de bouchon en plastiques entourés de laine de toutes les couleurs, tel un patchwork.

Nous nous promenons parfois avec tes copines l'après-midi, le long des bords du Rhône. Petite mémé « fouine » et proche du sol, tu trouves mille trésors que tu me montres et que je m'empresse de te ramasser : petits boutons ou quelques piécettes (« un centime, c'est le début de la richesse ! »). Les petites mémés me dévorent des yeux, elles me bichonnent et c'est tout à fait réciproque. Je suis leur petite poupée ; elles prennent plaisir à me préparer de bons chocolats chauds et à m'offrir des gâteaux secs, des « petits beurres ». Nous mangeons donc toutes ensembles, toutes égales face à notre gourmandise. Nous vivons des moments de grosses rigolades et de complicité, d'autant plus quand je vois danser leurs appareils dentaires dans leurs bouches, et que je regarde briller leurs petits yeux malicieux. De vraies gamines!

Pour Noël, mes sœurs et moi-même, avons toujours les mêmes cadeaux: mémé Boulette nous offre chaque année des chemises de nuit douces et confortables, et de l'eau de toilette à la lavande. Je passe d'agréables et confortables nuits en pensant à elle. Ces enveloppes qui nous entourent et nous réchauffent la nuit: elles sont telles des doudous, des représentants de ton amour pour nous!

J'ai désormais la chance de travailler auprès de personnes âgées, en maison de retraite. Lorsque je croise certains regards, je crois reconnaître celui de mémé boulette, je pense aux bonheurs qu'elles ont dus distribuer dans leur passé. Quels êtres précieux! En plus, certaines ont réellement connu ma petite mémé: c'est un bonheur d'en parler avec elles. Nous reprenons elles et moi, une bouchée nostalgique de ce passé!

Je me rappelle de toi, ma petite poupée, quand tu vas au marché: tu t'autorises ce jour-là une brioche au sucre. Tu n'as pas eu tant de plaisirs dans la vie, et celui-là n'est pas bien grand! Tu as la capacité de te réjouir de pleins de petits bonheurs, mon petit ange ! Mais un jour j'arrive chez toi : j'éclate en sanglots ! Tu es défigurée ! Tout en dégustant ton petit plaisir, tu as avalé une guêpe, celle-ci a réussi à te piquer dans la bouche. Ton visage déjà bien rond a doublé de volume : ta peau est tellement tendue qu'on dirait qu'elle va craquer ! Ton cou a tellement enflé que tu peux à peine respirer ! Mais toi tu ne te plains pas, ma petite mémé courage. Tu ne penses même pas à te faire soigner ! Tu es rentrée chez toi sans appeler au secours. « Ça passera bien tout seul ! On ne va pas déranger quelqu'un pour si peu ! » Je cours chercher le médecin qui te fait immédiatement une injection : tu as failli mourir ma mémé boulette ! Tu aurais pu faire un choc allergique ou t'étouffer ! Ne me fais pas ça, ne disparais pas ! Tu es mon trésor le plus cher, je veux prendre ta douleur, te soulager : je te fais alors de petites caresses sur les mains, te passe un gant frais sur le visage, et te surveille comme toi tu l'as fait pendant des années, petit bout de femme toute en rondeur, toute en odeur, toute en douceur et don de toi ! Je t'aime ma petite maman d'adoption, ma grand-maman à moi !

CHAPITRE DOUZE

A force de tape à l'œil, on finit aveugle !

La folie des grandeurs, et de tout d'ailleurs, continue de prendre de l'ampleur : désormais, nous partons chaque été à la mer, toujours en pension complète, en France ou en Espagne. Le seul souvenir que nous ramenons, nous devons le montrer à notre retour de vacances : trois beaux dos nus, pour faire voir notre bronzage. Même moi, le garçon raté, a l'honneur de m'exhiber à l'œil des voisins en étant habillée comme une fille. Bien évidemment, en short, pas de jupe contrairement à mes sœurs, il ne faut quand même pas abuser ! Sur la plage, nous avons l'obligation de bronzer, bronzer et bronzer : programme enrichissant, je ne me souviens pas d'avoir découvert autre chose que des plages et des autoroutes interminables. J'oublie également l'odeur et le bruit des vomissements de ma sœur, qui est toujours malade en voiture, pauvre frangine, (partir en vacances doit être synonyme de torture!) et l'odeur écoeurante des effluves de cigarettes de papa. Point positif, les hématomes ressortent moins, le bronzage camoufle ou atténue les couleurs dénonciatrices des coups! Bien entendu, les habitudes sont profondément ancrées, les coups continuent de pleuvoir, sous un soleil brûlant. Maman s'autorise quelques boissons locales, bien alcoolisées, et mon père l'accompagne. Nous nous retrouvons donc les après-midi, mes deux sœurs et moi-même, en plein cagnard, à creuser des trous dans le sable, afin d'enterrer les vomissements de ma mère, mon père étant plus habitué, donc plus résistant. A force de vomir, ne va-t-elle pas mourir? Cette peur couvre la sensation de honte que j'aurais pue éprouver, la plage étant noire de monde à cette époque de l'année. Enorme avantage de cette intéressante activité, nous continuons à parfaire notre bronzage dorsal: quoi de mieux!

Les périodes d'hiver, nous partons à la montagne, dans des stations de ski réputées, donc très chères! Nous chargeons en pleine nuit, avant de partir, et à l'abri des regard des voisins, des cargaisons de pommes de terre dans le coffre de la voiture, et sommes chargées, nous les trois filles de regarder les autres dévaler les pentes de ski, la location du matériel est trop onéreuse et la luge trop salissante. A nous, au retour, de faire le résumé de ces fabuleuses descentes, comme si nous les avions faites nous-même, encore une fois pour épater les voisins! Ce qui est également très judicieux, c'est que nous vivons, lors de cette période d'oxygénation, à cinq dans un studio, de quoi aider à se supporter les uns, les autres. Il faut vite débarrasser le « plancher »: se coucher tôt, et se lever tard. Au moins, pendant ce temps on ne risque rien, on ne dérange pas!

Comme j'aurais aimé partir avec eux, lors de saisons propices, faire du camping, jouer aux cartes, ou à la pétanque! Fille indigne et non reconnaissante de tout ce qu'ils font pour nous. « Vous en verrez beaucoup des parents qui offrent de tels séjours à leurs enfants! Demandez donc à vos camarades de classe! » Et puis, le camping, quel environnement de beaufs! Quelle victoire sur le monde: nous appartenons à une autre catégorie de personnes, les « nouveaux riches » à en perdre l'âme, sans aucune autre valeur, sauf celle de l'argent, qui leur file pourtant très vite entre les mains! Aujourd'hui, je sais que l'on a besoin d'argent pour vivre: c'est vital, même pour pouvoir se faire soigner. Mais, c'est une dépendance qui peut mener jusqu'à l'aliénation mentale! On peut détruire beaucoup de choses, et passer à côté de tant de moments simples, souvent les meilleurs, pendant lesquels tout le monde est vrai : du bonheur gratuit ! Lorsque j'ai eu mon premier appartement, il n'était pas rare que, le ventre gargouillant, je cours autour d'une boîte de petits pois afin qu'elle fasse plusieurs repas. Mais quel bonheur de ne devoir rien à personne, de ne pas avoir peur de se faire humilier ou tabasser !

J'aurais tellement été heureuse que l'on s'asseye tout simplement dans le jardin, tous les cinq, partageant un morceau de pain et de fromage ! J'aurais adoré faire des pique-nique, tout simplement vers chez nous, poser ma tête sur vos genoux, admirer la nature et vous crier mon amour !

Nous avons la chance d'habiter à proximité du Rhône. Les paysages sont magnifiques : il y a plein de vieux et beaux arbres. Quand c'est l'époque des violettes et des pâquerettes, il y en a de partout, ainsi que ces fleurs jaunes, que l'on appelle des « coucous ». C'est plein de couleurs et d'odeurs. Le soir, avec mémé boulette, nous regardons parfois de magnifiques couchers de soleil disparaître dans le lit que le Rhône prépare. Et puis, il y a le chant des oiseaux, le croassement des grenouilles. D'accord, lors des grandes inondations, il faut venir nous chercher en barque car le Rhône ne fait pas semblant de sortir de sa baignoire, et son contenu vaseux envahit l'appartement! Tout est à refaire! Mais nous pouvons également passer des heures en compagnie de papa: nous le regardons pêcher, et en profitons pour fabriquer des semblants de « sculptures » et de petits pots, avec de la terre glaise. Si nous devenons célèbres et riches avec nos œuvres d'art, nous nous promettons, mes sœurs et moi-même, que nous permettrons à maman de ne plus travailler. Tout s'arrangera: elle sera moins fatiguée, et pourra rester souvent avec nous. Nous cinq ensemble! Cette dernière ne nous rejoint jamais au bord de l'eau: elle a tant à faire, et puis on lui sort enfin des pattes!

C'est pendant ces années que papa nous a appris à nager. Patiemment, il nous a sorti la tête de l'eau (jolie expression, mais un peu d'humour ne fait pas de mal!). En fait, il a été quand même un bon éducateur: il m'a également appris à faire du vélo. Dans d'autres circonstances, il aurait pu être un « bon papa ». C'était peut-être sa façon de nous montrer son amour? Maman, elle, se contente de nous apporter ce qui est indispensable à notre survie. Dès qu'elle le peut, elle nous « refile » à notre grand-mère boulette: dans un sens tant mieux, nous ne pouvons pas être mieux que chez elle.

Je ne me rappelle pas avoir eu des démonstrations d'affection de la part de maman, ni d'avoir échangé des paroles tendres. Pauvre maman, dépassée par les évènements. Elle a créée, sans le vouloir, une frustrée de tendresse et d'amour : je serais toujours à la recherche d'affection. Serais-je un jour comblée ? Saurais-je le distribuer à mon enfant si je suis maman à mon tour ?

CHAPITRE TREIZE

Bonjour l'émancipation !

Un nouveau et énorme changement va encore plus bouleverser la donne. Maman passe le permis de conduire, qu'elle obtient avec quelques difficultés. Prétexte favorisant les embrouilles, les accrochages au volant de ma mère avec d'autres automobilistes. Elle tente de rectifier les rayures sur la carrosserie, avec des bombes de couleur achetées dans des centres commerciaux. Papa s'en rend vite compte ! Retours au domicile conjugal remarqués et remarquables par les cris et les coups. Pas de jaloux, acte de partage et de générosité, tout le monde en profite !

Ma mère poursuit son émancipation, mon père devient fou de jalousie : comme le dit le dicton, « les parents s'enivrent de conflits et d'alcool, les enfants trinquent ». Tout le monde devient fou dans tous ces délires incessants !

A l'école, nous disons souvent que nous tombons, que nous manquons de délicatesse, que nous sommes maladroites, pour détourner les regards gênés ou les rares questions suspicieuses. Maman camoufle les conséquences des coups, sous une bonne couche de fond de teint. Un aveugle pourrait découvrir la supercherie !

Les voisins d'à côté et celui d'en dessous, un homme d'Eglise, baissent les yeux lors de nos rencontres dans les escaliers : peut-être a-il fait des prières pour nous ? Qu'est ce que ça aurait fait autrement, si cela n'avait pas été le cas ! Je ne les accuse pas, ce ne sont pas eux qui portent les coups. Et puis, ils ont sûrement peur des représailles. De toutes façons, par réel amour pour nos parents, nous n'aurions jamais rien avoué s'ils nous avaient questionnées !

Ils supportent alors, sans rien dire, peut-être pour ne pas en rajouter, le fait de m'entendre chanter, pendant des heures, des chansons d'Edith Piaf dans la cage d'escalier. Chansons pourtant tristes et bouleversantes d'émotions, je pleure, côté sûrement purement masochiste que j'ai dans ma personnalité, des chansons toutes plus tristes les unes que les autres. « Voici des roses blanches, pour ma jolie maman… », dans laquelle un enfant pleure la disparition de sa maman ! Choix de chanson sûrement pas anodin !

Nous trois, les trois sœurs, passons les mercredis matin à essayer les robes de notre si jolie maman. Nous devenons des princesses en passant ses chemises de nuit en soie, et partageons de grands fous rires. Moments précieux de complicité, et de franche rigolade. Nous nous chaussons avec ses escarpins, tous plus hauts les uns que les autres, certains avec des pompons ! Parfois, nous nous mettons en tête de préparer des gâteaux, infects il est vrai, bien qu'ils soient préparés avec de bons ingrédients. Nous mélangeons de tout : cela devient presque des gâteaux pizzas. Dans le style sucré salé, nous sommes des précurseurs. Mais nous avons d'immenses progrès à faire ! Nous ne pouvons même pas les faire cuire : interdiction formelle mais normale ce coup-ci, de se servir du four.

L'arrivée de papa le soir, est presque réglée, très ritualisée. Tout le monde est à table, avec obligation de finir son assiette, sous peine de représailles. Je n'ai depuis, jamais eu de bons rapports avec la nourriture : même si j'adore manger, j'aime ce qui est bon, j'ai parfois des montées d'angoisse lors de ces moments. De plus, je torture mon corps avec des pertes et des prises de poids phénoménales. J'alterne des périodes de remplissage, et des moments de diète, ceux-ci bien plus courts.

C'est à ce moment-là de la journée qu'est télévisée journalièrement (il y a peu de chaînes, on ne peut pas la rater) une monstrueuse réclame, celle d'un produit d'entretien dans un bidon orange et noir qui diminue en nous martelant les oreilles : V. A cette époque, les décibels de la publicité augmentent et ne sont pas réglementés. Merci à la personne de loi qui a régulé tout ça !

Maman court de plus en plus, semble épuisée plus que jamais, l'ambiance est plus tendue. Il faut se taire au risque d'allumer l'étincelle qui peut tout faire exploser ! Les moments normalement conviviaux du repas n'existent pas chez nous, il n'y a pas de discussion, d'échange, même les couverts sont silencieux. « On ne parle pas à table, surtout pour dire des conneries ! ».

Un jour, très fiévreuse, je suis restée seule à la maison : une dame inconnue, noire de peau, douce et souriante, est venue me parler, me rassurer. Elle parle en roulant les « r ». Ses vêtements sont amples et très colorés : un vrai soleil ! C'est évidemment hallucinatoire, conséquence directe de la fièvre, un vrai délire. Elle porte un bébé près de son cœur : il dort à poings fermés : témoignage de la totale confiance de ce bébé envers sa maman ! Quelle beauté, l'un et l'autre ! Elle me chante au départ des berceuses, puis des chansons aux rythmes soutenus : elle danse, et éclate de rire ! N'empêche que je lui ai souvent parlé à cette « maman-doudou » et que j'ai espéré longtemps la revoir, quitte à retomber profondément malade. J'aurais tellement adoré avoir une maman si douce, si belle, et si généreuse de tendresse !

CHAPITRE QUATORZE

Contrainte et contrariée

Maman me demande souvent, pendant le temps de midi, d'aller dire bonjour à son patron, dans le garage automobile où elle travaille. Je ne comprends pas pourquoi, à ce moment-là, mais j'y vais, honteusement, très mal à l'aise. Celui-ci est très gentil, et me remercie d'être venue le voir. Parfois, je me cache dans le parc, et dis à mon retour que je ne l'ai pas trouvé. Après tout, il a bien pu partir avec des clients, ou alors il peut être en train de manger.

Maman, m'emmène de plus en plus tard, de plus en plus dans le noir, avec la voiture. Elle rejoint un autre véhicule, rarement le même d'une fois à l'autre, dans lequel elle monte, et part. Elle revient, quelques heures plus tard, radieuse et épanouie. Ma mission est de dire au retour, que nous sommes allées chez mémé Boulette. Pendant mes heures d'attente, j'ai peur de me faire attaquer, où qu'elle ne revienne pas ! Suis-je en danger : y a t il des bêtes qui peuvent surgir ou des bandits cachés dans quelques coins ! Et si papa se rend chez mémé boulette, il va tout découvrir, et on va se faire massacrer ! En plus, l'attente dure des heures : c'est long et angoissant !

Mémé boulette s'est inscrite au club du troisième âge, elle commence à entendre des rumeurs sur sa fille, rumeurs d'ailleurs justifiées : maman entretient une relation soi-disant passionnée avec son patron. Ceci explique les changements de voitures réguliers lors de nos escapades de fin d'après-midi. Mémé Boulette a honte, mais prévient juste ma mère que ça va dégénérer, qu'elle a peur des représailles. Elle n'a pas tort ! Elle doit se ronger de souci pour sa fille et pour ses petites-filles, d'autant plus qu'elle a déjà assisté à des pétages de plombs de mon père, et qu'elle a déjà goûté à la douceur de ses poings !

Quelques jours plus tard, alors que nous traversons le si joli parc, maman est littéralement agressée par la femme de son patron. Et moi j'assiste à cela en hurlant et en pleurant : quoi faire pour la défendre et l'aider. J'ai peur ! Cette harpie déchaînée, je ne l'excuse pas maintenant mais la comprend, laboure de ses mains le visage de ma si belle maman! Que va-t-on dire à papa pour justifier ces griffures? Maman raconte donc qu'elle est tombée dans un bosquet, dans le parc, d'où les écorchures... Papa semble y croire... Moi je baisse la tête: je mens à papa, et si il l'apprend, il va me tuer!

A cette époque, je me mets à faire régulièrement le même cauchemar, à la suite duquel je me réveille en pleurs, et en sursaut, et surtout terriblement angoissée! Je suis dans la rue qui longe le parc, et un homme dont je ne distingue pas le visage, se met à me poursuivre. Je sens l'éminence d'un danger de mort. Subitement, je ne peux plus courir, je suis complètement paralysée. De plus, je ne peux plus crier, je ne peux appeler personne au secours: aucun son ne peut plus sortir de ma bouche. Selon les nuits, soit je finis par m'envoler et je suis alors hors de danger, soit l'homme est presque en train de m'attraper, et à ce moment-là, je me réveille en sueur, avec le cœur « prêt à exploser ».

L'autre cauchemar dont je me souviens, c'est d'être en train de tomber dans un gouffre sans fin, dans lequel tout est sombre mais pourtant étoilé: je donne réellement un coup de pied sur mon matelas pour arrêter cette chute, ce qui a pour effet de me réveiller. Ouf! Durant ce petit « film », j'ai vraiment l'impression que tout tourne, et que je vais tomber dans les pommes. C'est vraiment très inconfortable, et cela me donne la nausée !

Mais le poison a commencé à être diffusé, les rumeurs vont bon train, le ver est dans le fruit ! Je pense que certaines personnes doivent prendre leur revanche en colportant cet évènement : le couple que constitue mes parents va à la dérive. La maman a un amant. Mes parents ont tellement critiqué les autres, souvent très injustement ! Papa questionne de plus en plus maman, relève les kilomètres au compteur de sa voiture, la suit, la harcèle, tente de lui faire avouer ce qu'il n'a, en fait, pas envie d'entendre. Profondément, il doit être dans le déni, pauvre défense et protection inconsciente ! Par contre, quand il a bu, les barrières tombent, et il roue maman de coups, la balance dans les escaliers : le lendemain matin, elle est défigurée, impossible d'aller travailler. Imprésentable et trop douloureuse. Mais elle n'avoue pas. Si elle l'avait fait, je suis persuadée que ni elle, ni son amant, ne seraient en vie actuellement. Les cris de maman et les nôtres sont déchirants : il y a un judas à chaque porte, sûrement un œil à chaque judas, mais les voisins n'interviennent pas pour porter secours à maman. Ils ne pensent pas à appeler la gendarmerie, ou bien ils y pensent mais ont peur des conséquences pour le futur : pourtant, ils auraient pu être accusés de non assistance à personne en danger s'il était arrivé quelque chose de grave et d'irréversible !

Mon placard étant contigu à leur chambre, j'entends mon père la maltraiter la nuit, la forcer à se soumettre : elle hurle, il la viole. Le lendemain, elle nous raconte tout en détail, comme si ça ne suffisait pas qu'on ait entendu ! Elle veut peut-être discréditer papa : merci, c'est déjà fait ! J'ai peur de ce qui se fait dans cette chambre : « papa, maman, arrêtez ». Cela a été ma première rencontre avec l'amour physique, dit charnel : c'est quelque chose d'horrible, un acte de douleurs intenses ! Aimer c'est souffrir, aimer c'est dangereux !

CHAPITRE QUINZE

Un beau portrait!

Le lendemain, papa a honte de lui : les souvenirs qu'il a de la veille et les marques sur le visage de maman, sont bel et bien présents. Alors il pleure et s'excuse…

Maman, elle, je ne l'intègre pas à l'époque, vit une aventure amoureuse torride et passionnée: la preuve en est, elle a vécu, des années plus tard, avec cet amant. C'est quelque chose de sérieux: se séparer d'avec cet homme est plus insupportable que les coups qu'elle reçoit. A ses yeux à lui, elle est la plus belle, elle n'est plus seulement une mère de famille épuisée. Elle redevient une très belle femme. Elle brille comme un joyau dans ses yeux! Il lui offre de beaux vêtements, des manteaux en vison, et des bijoux. Papa lui demande l'origine de ces nouvelles et luxueuses affaires, maman ment et dit que c'est tout du faux, des copies, que c'est elle qui se les achète. Papa n'est pas convaincu, et les coups sont redistribués.

Pourquoi tu fais ça maman ? Papa t'aime ! Il pleure ! Maman souffre de ne pas pouvoir profiter de ce nouveau bonheur presque magique. Elle fait de plus en plus d'épisodes dépressifs, essaie de se suicider… Papa nous interdit d'appeler le médecin : parfois elle se réveille de ses tentatives ratées, après quarante-huit heures de sommeil. Maman, es-tu morte ? J'ai peur ! Quand on meurt, on m'a dit qu'on devient poussière : maman va-t-elle se déposer sur moi ? Ca me fait peur autant que ça me dégoûte. Je me surprends pourtant fortement et honteusement, je ne l'avoue que beaucoup d'années plus tard, à espérer la mort de l'un ou de l'autre, pour que tout s'arrête ! Quel monstre je suis !

Mais la Terre continue de tourner : je fais toujours de fréquents pipis par terre, et en retour, j'en subis les conséquences. Bien fait pour moi, fallait pas en rajouter ! Maman démissionne de son travail, et entreprend une formation en informatique. C'est le créneau du siècle, elle trouve un autre travail, hautement plus qualifié, mais continue de voir son amant : elle devient cadre dans une grande société internationale. Ses responsabilités professionnelles l'amène à rencontrer de grands patrons français et étrangers, ou de grands joueurs de foot. Elle fait des déplacements aériens de courtes durées, et à son retour, elle supervise une équipe de précieux collaborateurs. Ce nouveau métier la passionne : on la voit de moins en moins souvent à la maison.

Papa peut moins l'espionner. Il se bouffe le sang dans des fantasmes les plus fous, qu'il partage avec nous. J'ai mal pour lui ! Je n'excuse pas ce qu'il fait à maman, mais je le vois tellement souffrir ! Il me semble qu'il est malade : ce n'est pas le papa des champignons et des soupes aux choux ! C'est le papa de cette époque antérieure qu'il est réellement. Depuis ce jour, il devient un « presque Dieu » à mes yeux. C'est maman qui doit arrêter son cirque !

Maintenant, je comprends, après avoir parfois pris le rêve pour de la réalité et après avoir vécu moi-même quelques histoires amoureuses, qu'elle a beaucoup souffert : elle a pris le risque d'être tuée, mais de vivre cette histoire avec cet homme qui est devenu quelques années plus tard, mon « beau-père ». Je mets cette dénomination entre des guillemets car ils ne se sont jamais mariés, et que leur vie commune, n'a durée que quelques mois.

En fait, après quelques années de recul, je pense que c'est à ce moment-là que l'amour, dans ce qu'il y a de plus tortueux et de plus souffrant, est rentré dans notre famille. Malheureusement, la flèche de Cupidon n'a pas atteint les bonnes personnes. Maman aime ailleurs, et papa découvre que la femme qui vit à ses côtés, est la femme de sa vie ! Ils sont donc encore une fois sur des fonctionnements complètement parallèles, avec maman qui veut s'enfuir, et papa qui veut la reconquérir. Plus que jamais l'incompréhension va les séparer, et les conflits et les coups réapparaître, dans une dimension incommensurable. Les dimanches, pour le repas de midi, papa achète des choux à la crème et nous propose d'aller se promener… en voiture. Maman refuse et va se reposer. Papa prépare de délicieux repas : maman les boude car elle est au régime… Accords romanesques, complicité de l'amour… Raté !

Moi, je suis complètement dans la culpabilité : en accompagnant ma mère dans ses escapades, je trahis papa. D'autre part, si je dénonce tout, je vais être responsable de la mort de maman. En plus, papa sera mis en prison !

Même si la vitrine qu'ils présentent aux voisins est toujours aussi bien entretenue, cela ne suffit plus à leurrer les gens! La méchanceté et la jalousie que mes parents ont suscitées explosent au grand jour. Sans être paranoïaques, les réflexions fusent: elles sont bien réelles. Les regards qui pouvaient être amicaux voire de pitié, se transforment en moquerie. Ma grand-mère « boulette » en devient la première victime, puis ensuite mes parents, et enfin nous, les trois filles. Ma petite mémé n'ose même plus aller à son club du troisième âge tellement elle relève des sous-entendus.

Auparavant, il était de bon goût de fréquenter des gens comme nous et de nous inviter. Désormais, les langues se délient, et nous sommes devenus à leurs yeux, des personnages ridicules, arrivistes et détestables. Il est vrai que mon père n'arrange pas nos affaires, en continuant régulièrement à se battre. Mes sœurs et moi-même, nous en souffrons. Nous avons honte, et baissons souvent la tête. Il arrive parfois que nous retournions le lundi matin à l'école, et que nous soyons accueillies par des regards haineux: certains enfants ont vu rentrer leur papa avec des yeux au beurre noir, après avoir rencontré le notre!

Le festival des voitures neuves se poursuit, et avec çà, les dettes augmentent. Je ne sais pas pourquoi, mais à chaque fois que mes parents vendent une voiture, je pleure: je ne supporte pas la séparation définitive, non par matérialisme, mais du fait d'un attachement profond aux choses, et bien sûr aux gens avant tout.

Moi, je suis toujours dans les pattes de mes parents pour leur montrer comme je les aime fort ! Et puis, j'essaie de tout faire pour attirer leur attention, essaie de me faire aimer ! Mais plus de rapprochement entraînent plus de risques pour moi, de recevoir de bonnes raclées. Je me souviens d'un jour où je veux soulager le travail ménager : je vais repasser. Bien mal m'en prend ! N'ayant jamais appris, je laisse le fer à repasser trop longtemps sur le beau chemisier en soie de maman, et le morceau de tissu se retrouve collé sous la semelle du fer : sans avoir pris un coup de soleil, je me retrouve avec le visage rouge comme une écrevisse ! Ces claques m'apprendront à prendre soin des affaires des autres. « C'est pas possible d'être aussi nulle, elle le fait vraiment exprès ! Elle a qu'à s'occuper de ses affaires ! Ou alors, elle a fait ça juste pour nous emmerder ou se venger, méchante et odieuse enfant ! ». La fois d'après, toujours aussi douée, je noircis au fer à repasser une belle chemise de papa : je voulais que de beaux plis marquent les manches. Me souvenant de la dernière correction que j'ai reçue quand j'ai brûlé le chemisier de maman, j'expédie rapidement la preuve de ma nouvelle bêtise dans le vide ordure. Efficace et utile le modernisme ! Personne ne s'est aperçu de cette mystérieuse disparition : comme quoi j'ai bien fait de ne rien dire !

Et puis, en essayant d'être moins vilaine, physiquement et psychologiquement, je deviens plus féminine : ce n'est absolument pas la solution. Je ne reçois que railleries de la part de mes parents. En essayant de me rapprocher, tel un chat qui se frotte et ronronne en demandant des caresses, j'envahis beaucoup trop leur territoire. Encore une fois, je suis vraiment inintelligente : j'attire leurs foudres, fais pipi par terre, et je récolte le fruit douloureux que j'ai moi-même fait naître ! Je ne vais quand même pas me plaindre ! Je donne le bâton pour me faire battre !

J'en ai plus que marre de vivre derrière cette vitrine qui vole si souvent en éclats ! Ont-ils ressenti, seulement un jour, un peu de pitié pour nous, leurs enfants ! Comment pouvaient-ils supporter de voir ces marques nous défigurer ? Moi, quand ma fille se fait mal, et qu'elle perd l'équivalent d'une tête d'épingle de son sang, je suis bouleversée ! Je souffre tellement de ne pas pouvoir la protéger de tous les dangers ! Pourquoi l'ai-je enfantée si je ne sais pas la préserver de la souffrance ? Mais est-il réellement possible de la faire vivre dans du coton, la vie est parfois si cruelle ! J'ai parfois pensé, dans des moments de dépression profonde, à la tuer et à me suicider après. Comment aurais-je pu réellement passer à l'acte et surtout affronter auparavant ce regard si innocent ! Vivant une époque où il y a la pilule ou d'autres moyens efficaces pour éviter toute grossesse, je n'avais qu'à plus réfléchir avant ! Pourtant, que d'heures j'ai passé à me questionner et à me torturer, avant d'arrêter toute contraception : nous t'avons désirée ardemment, ton père et moi, tu n'es pas arrivée par erreur ! Tu es une enfant de l'amour, mais de quel droit je t'avais fait rentrer dans ce monde si cruel ! Je suis vraiment un monstre d'avoir pu envisager un seul instant une chose pareille, mettre fin à ta vie !

Charlène, c'est ma raison de vivre, mon plus grand et fabuleux bonheur à moi. Quoi de plus banal que de dire que je serais toujours là pour elle ! Je t'ai donné la vie, mon amour, ce n'est peut-être pas un cadeau. Toi, en tous cas, tu as sauvé la mienne ! J'espère que ce fardeau que tu dois porter et supporter, n'est pas trop lourd pour toi. Un enfant ressent tout ce que ses parents vivent, j'en sais quelque chose. Tu m'apprends chaque jour à être maman, c'est difficile comme apprentissage ! En tous cas, je suis prête à tout pour toi : je donnerai mon cœur et mon âme si tu en as besoin. Je suis responsable de ton entrée dans la vie, je ferais tout mon possible pour te la rendre plus douce, ce ne sont pas des promesses et des paroles en l'air.

CHAPITRE SEIZE

Charmant spectacle!

Il faut maintenant que je vous raconte, un des comportements de mes parents. Toujours dans leur inconscient, leur frustration de ne pas avoir eu de garçon se répercute sur leur manière de me considérer : ils ne m'achètent pas de vêtement. Cela peut sembler dérisoire, mais je « termine » les affaires de mes sœurs, plus âgées que moi, mais surtout plus petites! Je me retrouve dans des habits qui me boudinent, et des chaussures très inconfortables. A ce jour, j'en garde définitivement les traces, avec des doigts de pieds très souvent douloureux et bien sûr déformés. Dès que je le peux, je fais voler mes chaussures et je marche les pieds nus. Je n'ai jamais été jalouse de mes sœurs, mais physiquement, j'en ai souffert. Cela a encore empiré lors de la puberté : je dois aussi porter leurs soutien-gorge, alors que ma poitrine est plus développée. Lorsque j'ai eu un de mes premiers salaires, et que je me le suis autorisée, je me suis achetée des souliers. Avec bonheur, j'ai pris une pointure au-dessus de ce qu'il me fallait ! Un de mes plus grand plaisir est aujourd'hui de laisser mes pieds libres de toute contention : je quitte mes chaussures dès que je le peux. Si on pouvait marcher pieds nus, sans attirer l'attention, je me permettrais ce luxe, ce privilège. Ceux qui n'ont pas les moyens de s'en offrir doivent me trouver bien peu reconnaissante de mon bien-être pédieux : en tous cas, ma mère et moi-même, nous avons chacune, un grand point commun : une relation profondément difficile avec nos pieds.

Enfin, un jour, je me « rebelle » : dans notre village, une chanteuse célèbre, Mireille Mathieu, vient faire un concert. Bien évidement, il est de bon goût d'y assister, tels les « riches » qui vont au théâtre ! A cette occasion, maman a commandé sur un catalogue par correspondance, de superbes robes en velours ras avec des cols claudine. Elle a également acheté de magnifiques chaussures vernies. Je les trouve vraiment très belles, et je me fais une fête de pouvoir porter tout ça. Je m'imagine dedans. Je me vois tournoyer à l'avance. Et puis, j'aurai de beaux vêtements neufs ! Dans ma joie, je n'intègre pas le fait qu'il n'y a que deux tenues. Le jour tant espéré, je fais ma toilette minutieusement, et attend que maman m'autorise à inaugurer mes nouveaux atours ! Mes parents vont être fiers de nous ! Je suis littéralement effondrée quand elle arrive : je vais porter, je m'en souviens encore aujourd'hui, un pantalon et un pull que je porte régulièrement en semaine, et qui a déjà profité à mes deux sœurs.

Lorsque ma fille Charlène est née et que mes sœurs ou des amies me faisaient gentiment profiter des vêtements de leurs enfants, j'ai toujours eu cette frustration en mémoire, et je l'emmenais quand même parfois choisir des habits qui lui plaisaient. J'ai vraiment fait le choix de toujours respecter ses goûts, sans oublier mon rôle de maman, celui de conseillère, mais en fait, elle m'a presque toujours demandé mon avis. Je fais parfois des efforts pour respecter ses choix vestimentaires qui l'aident à développer sa personnalité. Et puis, à moins que ça ne devienne ridicule, chacun ses goûts !

Lors de cette soirée donc, après avoir reçu plusieurs fois la menace de ne pas les accompagner, je suis vraiment très triste et désespérée. Je me détruis la soirée en pleurant. Je ne me rappelle absolument pas du spectacle. Je passe mon temps à chercher des yeux une caméra qui pourrait me filmer, (il n'y en a pas), dans le but que quelqu'un repère à la télévision ma tristesse, et me recueille! Ce que je récolte, c'est une bonne fessée, et la promesse de ne plus être invitée : objet jaloux, détestable, orgueilleux et honteux.

Je dois dire qu'à cette époque-là, je trouve mes sœurs très belles : non seulement elles ont toujours des cheveux longs, mais elles sont également plus minces que moi. Les personnes les félicitent souvent de leur beauté. Moi, on ne me dit pas que je suis moche, mais je passe inaperçu, toujours avec mes coupes de cheveux de garçon. Je rougis lorsque quelqu'un daigne me faire un compliment : ment-il pour ne pas me faire du mal, m'accorde-il de la pitié, ou est-il aveugle ?

Souvent, on a une mauvaise et critique image de soi : je peux vous dire que la mienne est profondément perturbée depuis toujours. Pas d'attribut masculin et je dois cacher toute féminité. Jamais à la bonne place, dérangeant les autres, que ce soit physiquement (asexué), ou avec mes yeux rougis par les pleurs. Réellement tout pour m'isoler socialement. De ma petite enfance, il n'y a pas de photographies : je dois être réellement monstrueuse ! Celles de mes sœurs trônent sur les meubles du séjour. A quoi je ressemblais petite fille ? Etais-je un bébé si monstrueux pour qu'il n'en reste aucune image ? Lorsque ma fille est née, je l'ai pris en photo très souvent.

Qu'est-ce que je l'aime ! J'ai passé des heures à contempler ce petit être si délicat, si fragile, à la masser et à la caresser ! Quelle magie ! Que la nature est bien faite ! Ces membres et ces doigts si minuscules. Cette dépendance si touchante ! Cette confiance si dangereusement et innocemment offerte ! Comment ont fait mes parents pour ne pas me casser ? Il est vrai qu'ils ont réussi psychologiquement à me détruire, mais pas physiquement, si ce n'est mes mains : elles ont été régulièrement tordues, surtout lorsqu'elles paraient les coups, dans tous les sens, la douleur qui les envahit parfois en témoigne. J'ai eu des petites fractures, qui ont eu la gentillesse de se consolider toutes seules, comme en attestent les radios que j'ai passées plus tard, ne comprenant pas ces douleurs. La nature est bien faite, sauf que parfois, même le fait de porter un litre de lait de la main gauche devient impossible, je souffre moins de la main droite !

Peut-être avez-vous l'impression que je suis une insatisfaite, que j'écris toute mon histoire afin qu'on me plaigne ? Suis-je crédible ? Pourquoi je ressasse le passé ? Est-ce pour ne pas reconnaître réellement qui je suis, pour ne pas me remettre en question et accuser les autres de certains de mes comportements atypiques ? Ce n'est pas le but du jeu. Je ne m'appelle pas Cendrillon ou Caliméro ! J'accepte difficilement qui je suis, mais je m'accepte mieux, j'apprends à me connaître. Alors ce livre est un réel exutoire, mais aussi un témoignage qui me permet de dénoncer des injustices : les gens pensent savoir qui je suis. Mais je ne me connais qu'à peine moi-même : comment peut-on me juger ! Lorsque l'on m'aime, ne suis-je pas trop décevante pour ceux qui percent plus ma personnalité. Est-ce que je me dévoile suffisamment, est-ce que je montre de moi une image qui me correspond vraiment ou suis-je un personnage manquant d'authenticité ? Je souffre en découvrant parfois que des proches, donc des êtres précieux pour moi, me prennent pour quelqu'un d'autre. Alors que l'on me considère comme quelqu'un de fort, le « pilier » de la famille qui peut tout porter et supporter, je me sens si fragile et déprimée ! Alors je suis dans tous les conflits, je me mets à dos ceux dont j'essaie de régler les problèmes, passe pour quelqu'un de parfois intrusif, qui s'occupe des autres, pas pour les aider, mais par voyeurisme. Si je n'essaie pas de les aider, je passe pour une égoïste car j'ai donné l'habitude d'être là et que je ne réponds parfois plus présent par peur qu'on me le reproche plus tard : je me réfugie dans ma coquille et pleure, déçue de cette incompréhension.

Quelle est ma place ? Je n'ai pas choisi de vivre, j'ai même dérangé et déçu beaucoup de monde, puis-je choisir de partir ? Suis-je trop lâche pour me détruire et que ma famille soit enfin soulagée et heureuse ? Mais j'ai trop peur de souffrir physiquement, et puis, si je me rate ! Mes parents vont me tuer : mais de quelle manière ? Et puis, la honte va retomber sur ma famille que j'ai déjà pas mal aidée à s'étioler ! Pitié qui peut m'aider !

CHAPITRE DIX-SEPT

Nous repartons !

J'ai dix ans et demi. Mes parents ont vraiment de gros soucis financiers et bien entendu de couple. Ils essaient de prendre un nouveau départ. Ils décident de vendre l'appartement, ce qui se concrétise dans les mois qui suivent. A mon avis, la vente de cet appartement a du juste couvrir les dettes qui se sont accumulées pendant ces dernières années. Ont-ils seulement réussi à remettre leur compte à zéro ? J'en doute. Nous allons donc habiter dans un village voisin. Nous sommes de « grands voyageurs », quelle chance !

Nous déménageons pendant l'été dans une belle et spacieuse maison style « Ile de France », à deux étages. Comble du chic, le propriétaire est un châtelain. Le château surplombe la maison, et nous avons vue sur son parc, dans lequel vit un bel et vieux âne gris : Bébert. Je passe des heures à le nourrir de pain dur et de gâteaux, et à « communiquer » avec lui. Il est beau et docile cet animal : il se laisse approcher facilement. Qu'est-ce que j'ai pu le gratouiller ! Et comme il me l'a bien rendu ! C'est peut-être depuis ce temps-là que l'âne (et bien sûr les chiens et les chats), est devenu un de mes animal préféré. Il est très beau avec ses grandes et longues oreilles, et ses yeux malicieux maquillés de noir !

En haut se trouve la chambre de mes parents et de ma sœur aînée, le salon et la salle à manger, dans laquelle il y a une superbe et grande cheminée. Emerveillée, je passe des heures devant, car j'adore la danse des flammes et des ombres, les odeurs du bois qui flambe, et le bruit des bûches qui crépitent. La chaleur m'envahit de bien-être, et je m'endors souvent en contemplant le spectacle du feu. A cet étage, il y a également la cuisine, les WC et la salle de bains. Jouxte une immense terrasse, au-dessus du garage. En bas, il y a la chambre de mon autre sœur avec WC et salle de bains, la mienne à côté, plus une buanderie. Nos chambres sont à côté du garage. Le seul point négatif, c'est qu'il y a une minuterie pour descendre, et que quand elle s'éteint, ma sœur Renée en profite pour me faire peur en me surprenant ! Je suis toujours à fleur de peau, et sur le qui-vive, tel un animal sauvage sur la défensive, ayant peur de se faire attaquer ! Elle se cache parfois sous mon lit, et lorsque je trouve le courage de regarder sous mon lit, elle sort sa tête brusquement. Je hurle, et mets parfois des heures à me calmer. Mes parents descendent, bien évidemment en m'en collant une, ça devrait me calmer : je les ai dérangés, et je leur ai fait peur. Elle a bien le droit de s'éclater, ma sœur, en faisant des blagues : je suis toujours en train de pleurnicher, ils en ont marre mes parents, de voir que je ne suis jamais contente ! Renée, elle, elle a l'air de prendre un réel plaisir à me voir trembler et pleurer, pourtant, elle n'est pas consciemment méchante ! Elle me jette également au visage, les animaux morts que mon père ramène de la chasse : cadavres innocents et sanguinolents ! Cruels et pervers échanges excusables du fait de son entrée dans l'adolescence. Par contre, la peur, dans cette maison s'étant installée, j'ai encore plus été traumatisée lorsque nous avons été cambriolés ! J'ai passé des heures à regarder sous mon lit et dans les placards, si un quelconque cambrioleur n'était pas resté caché dans quelque coin.

Chose très importante, il faut positiver, j'ai enfin droit à mon petit univers rien qu'à moi : j'ai ma propre chambre !

Il y a également un petit jardin, et nous avons désormais une petite chienne, un épagneul breton, que nous récupérons dans une ferme dans laquelle elle est mal traitée. Mes parents semble avoir en eux un sentiment que je ne connaissais pas : la pitié ! Cela leur redonne un visage humain et doux. Tant mieux, cela a permis de sauver ce petit être si malheureux et douloureux ! Elle passe son temps au départ, à essayer de se cacher et à trembler. Je l'apprivoise doucement pour qu'elle rentre dans la cuisine, et lui fais un petit circuit avec des bouts de saucisson ! Un petit bonheur à elle toute seule, un cadeau du ciel, mon petit amour, ma confidente, celle qui me réconforte et sèche mes larmes en les léchant.

Des amis de mes parents, et oui il en est resté, ont une fille de mon âge : cette dernière va passer une semaine à la campagne, chez sa grand-mère, et je suis invitée à l'accompagner. Est-ce le propre d'une grand-mère d'être si gentille ? En tous cas, je rencontre une dame au grand âge, très douce, qui rend mon séjour charmant ! Une vraie grand-mère aux bons et odorants gâteaux, qui joue aux petits chevaux avec nous, nous bichonne, et nous raconte de belles et douces histoires en veillée ! Je n'oublie bien évidement pas ma mémé boulette, et pars régulièrement ramasser des babais dans les bois, afin qu'elle puisse garnir son petit fourneau, et puis surtout pour lui montrer, à mon retour, que je ne l'ai pas oubliée !

J'apprends même à me passer de mon pouce que j'ai déjà si profondément meurtri : parfois, évidemment sans m'en rendre compte, je le fais saigner, tellement je passe mes angoisses dessus ! J'ai tellement peur de me faire surprendre et que l'on se moque de moi ! Je ne fais également plus pipi au lit : je commence à rentrer dans la vraie vie, celle de la norme, où il faut cacher ses travers pour se faire oublier. Je remplace mes anciennes mauvaises manies par une autre activité moins dérangeante : je me ronge les ongles et les doigts jusqu'au sang, rituel rassurant dont j'ai désormais, après maintes et vaines tentatives, réussi à me passer. Je fais tout pour devenir invisible et pour moins déranger les autres ! Mais ça ne plait toujours pas à mes parents : alors, chaque nuit, ils m'attachent très fortement les mains pour que j'arrête. J'arrive quand même à défaire mes liens : probablement bien aidée par une force décuplée, parce que j'ai peur qu'un bandit vienne dans ma chambre, et que je ne puisse pas me défendre. Ils me badigeonnent alors les doigts avec de la moutarde, ou avec de vernis soi-disant immangeable : j'y prends goût. Le petit déjeuner est égal à une bonne dérouillée ! Eux qui font tout pour moi, je trouve toujours le moyen de les énerver ! « J'ai pas intérêt de quiner et de vouloir passer pour la victime, sinon, j'en prendrais une autre... A force de narguer mes parents et de les pousser à bout, je ne reçois que ce que je mérite ! » Eux, ils doivent avoir le droit de marquer mon physique avec leurs coups, moi, je n'ai pas le droit de témoigner de ma souffrance, en transférant mon mal-être sur mes doigts. Que vont penser les gens, de voir mes doigts si esquintés ? Je fais vraiment tout pour me faire remarquer et pour me faire plaindre ! En tous cas, une chose est sûre, ce n'est pas judicieux de montrer ses angoisses en se vengeant inconsciemment sur son corps : l'angoisse, on doit la garder pour soi, à l'intérieur, d'autant plus, quand on se plaint pour rien. Et bien non, mes parents, les médecins avec qui j'ai entrepris une thérapie longue mais efficace, m'ont toujours prouvé l'efficacité et l'utilité de déverser le négatif de ma vie, au lieu de me détruire encore plus profondément : cela évite de se décharger sur les autres, et surtout sur des personnes plus faibles.

CHAPITRE DIX-HUIT

Liberté !

Nos parents nous ont toujours inscrites à des activités sportives : tennis, gymnastique sportive natation, athlétisme… Cette année, je suis autorisée à faire de la gymnastique rythmique avec une de mes meilleures amies, Nadine. Lorsque j'utilise mes rubans, cerceaux et ballons, je me sens légère et libérée. De plus, dans ce sport, nous sommes en juste au corps ! Quoi de plus féminin ! Par contre, il faut que je me rende aux entraînements deux fois par semaine en vélo. A près de quatorze kilomètres allez retour il faut suer pour y aller, mais ceci a plusieurs avantages : premièrement je me muscle et mincis, deuxièmement je découvre d'autres univers, et notamment la liberté ! En face de chez moi, il y a un pré dont le propriétaire nous laisse gratuitement la pleine jouissance. Je passe des heures à m'entraîner, à inventer des chorégraphies, sur des rythmes effrénés ou doux, selon mon humeur et l'énergie que j'ai à dépenser. J'acquiers de l'autonomie. Je file souvent à bicyclette faire des ballades. Je suis très solitaire et passe des heures dans la campagne environnante. Je découvre de merveilleux petits endroits, ramasse des fleurs. Je découvre la vie, et je lui souris.

A la fin de la saison de gymnastique rythmique, une démonstration est proposée aux personnes de la commune, et les parents sont cordialement invités au spectacle. C'est toute une fête pour moi : je vais leur montrer que j'apprends de belle choses, qu'il ne doivent pas toujours avoir honte de moi... Personne ne vient me voir ! Je suis très profondément déçue, une fois de plus : c'est dimanche, mes parents ne travaillent pas, mais ils ne daignent pas venir me voir. Je regarde avec beaucoup d'envie et de tendresse la maman d'une de mes équipière : elle l'encourage, la félicite et lui communique sa joie et sa fierté, en la serrant dans ses bras ! Je cours pleurer, seule, dans les vestiaires. Ce n'est pas que je sois jalouse, au contraire je suis heureuse pour elle. Mais je mesure le profond dégoût et le désamour définitif, que mes parents ont par rapport à moi ! Ils ont un point commun : ils sont rentrés dans un délire collectif.

CHAPITRE DIX-NEUF

Un nouveau départ

Début septembre, je rentre au collège, j'ai eu onze ans. Point très positif, il y en a un à deux kilomètres de chez nous. Nous nous y rendons à pied. Par contre, il faut se faire de nouvelles connaissances, car nous ne dépendons pas du même collège que nos anciens amis. Au départ, j'ai très peur : vais-je réussir à me faire des amis ? Et ce assez vite ? N'auront-ils pas peur de moi physiquement ? Je me sens si seule, si laide, et si jeune : toute petite et monstrueuse. D'autre part, l'avantage certain, c'est que personne ne connaît mon passé et ma famille. Je ne verrais plus la vengeance dans les yeux de certains, et je n'aurais plus à appréhender le comportement honteux et incompréhensible de mes parents, que ce soit par rapport aux infidélités de l'une, et aux bagarres de l'autre.

Et finalement, curieusement, je deviens la coqueluche de ma classe : excellente élève et bonne camarade, on me demande de l'aide pour les devoirs, les copains copines s'approchent, « gratuitement », sans exiger quelque chose de moi, sans me juger. Un autre monde, des instants irréels de franche camaraderie : je suis complètement intégrée. Il est vrai que la plupart de mes camarades de classe doivent traverser les mêmes angoisses. L'entrée en sixième change les repères : nouvel établissement, nouveaux locaux, souvent nouveaux camarades, nouveaux profs, nouvelle organisation, avec changements de salle fréquents, pour certains prendre le car pour la première fois, avec la peur de le rater, journées rallongées du fait de la distance géographique de son chez soi, et l'obligation de manger à la cantine...

J'ose à peine envisager ce que peuvent endurer et ressentir les immigrés clandestins : moi j'ai toujours eu à manger, j'ai toujours eu un toit, et ne suis pas déracinée : je suis dans mon pays, avec mes proches, sans barrière culturelle ou de compréhension linguale. Je ne suis pas non plus poursuivie par la police ! Je n'ai pas subi les violences de la rue, ni la prostitution, ni la peur pour les gens que j'aime au quotidien. J'ai toujours eu à manger : j'étais même gavée comme une oie ! J'ai juste côtoyé la mort comme eux au quotidien. Il faut croire que je suis de bonne constitution… physique, car je n'ai pas « éclaté » en morceaux. Les coups ont été bien portés ! Je suis juste morcelée psychologiquement !

Quand donc prendrons-nous conscience que chaque être vivant est précieux : unique, pouvant souffrir et de même valeur ! De plus, la Planète Terre sur laquelle nous vivons, ne nous appartient pas : nous y sommes tous accueillis, et nous ne l'honorons pas : elle nous apporte tant de beauté ! En retour nous ne la respectons pas, nous la brutalisons, nous la saccageons. Un peu comme nous le faisons avec les gens qui nous entourent : c'est la loi du plus fort, ou l'on se venge sur le plus faible. On profite de l'amour des autres pour se venger de nos frustrations, pousser le bouchon plus loin : l'autre pardonnera tout, évidemment. Aimer est-ce donc se nourrir de l'autre, l'affaiblir et le modeler pour ensuite ne plus le reconnaître et le laisser ? Ce n'est pas du tout mon point de vue : ce comportement est aliénant pour tout individu, il n'a plus de liberté, plus de personnalité. Il aime tellement qu'il se transforme, donc se détruit pour devenir ce que l'autre semble désirer. Peut-être va-t-il même se lasser quand il aura transformé l'autre en son idéal ? Il s'est donc trompé d'objet d'amour, si nous savons réellement ce qu'est l'amour ! L'amour est-il synonyme d'esclavage, ou de négation de l'autre ?

Les êtres humains sont-ils des carnivores, de l'autre ? Ils semblent parfois s'en nourrir ! Vivons-nous d'illusions ? Est-ce que nous ne nous nourrissons pas que de rêves ? Donc d'irréalité ? Sommes-nous en osmose avec nos certitudes ? Ne croyons-nous pas que tout est comme à la télévision : « amour, gloire et beauté ». Pouvons-nous croire encore aux contes de fées ? Nous récoltons donc de la souffrance, car nous sommes éternellement insatisfaits de nous et des autres : un auto fonctionnement parfaitement sado-masochiste. Moi, je ne suis pas née garçon : je ne pourrais jamais être ce que mes parents désirent, même si je suis complètement soumise, et prête à tous les sacrifices pouvant changer ma personnalité. J'ai enfin intégré cela : désolée, les parents !

CHAPITRE VINGT

La métamorphose en autruche !

Moi, je vis dans un rêve. Occupant une chambre à l'étage en dessous, je crois que tout se passe désormais au mieux, dans le meilleur des mondes entre mes parents et avec ma soeur : quelle fille naïve ! Plus éloignée, et ne plus entendre de coups ne signifie pas qu'il n'y en a plus de donnés ! C'est seulement parce que je ne suis pas au même étage qu'eux ! Je ne suis pas assez près pour les entendre se disputer et se violenter ! Désormais, plus rarement brutalisée, j'ai du m'arranger inconsciemment dans ce confortable état d'esprit : belle défense, quelle lâcheté ! J'ai réellement fait l'autruche : pourquoi tout se serait arrangé subitement ? J'en ai le brusque retour un matin lorsque je croise maman dans le couloir. Elle a de nouveaux « beaux » et défigurant hématomes sur le visage. Mon père, lui, hurle de cesser toutes relations avec l'autre qu'elle voit toujours. Maman aime donc toujours son amant, leur histoire n'est pas terminée.

Marie, elle, traverse l'adolescence, avec une attitude insolente, et réagit fortement aux crises de papa : elle l'affronte par les mots et les coups. Elle en récolte beaucoup, elle aussi ! La guerre est déclenchée entre eux, maman semble se servir de ma sœur comme d'un bouclier ! Quelle générosité !

Papa, quelques temps plus tard, a trouvé un nouvel emploi, à une heure de chez nous : plus de kilomètres, plus de fatigue et d'irritabilité. Plus de temps pour parcourir la distance et aller au travail, moins de possibilités pour espionner maman, donc plus de suspicion. Avant de rentrer dans l'usine dans laquelle il travaille actuellement, il a effectué de nombreux remplacements dans le secteur de la vente. Après une remise à niveau, il se lance dans un nouveau métier. C'est encore un choix de vie : désormais, il occupe un poste de directeur commercial, toujours en lien avec le secteur automobile.

Un après-midi, papa vient me chercher dans le jardin. Surprise : il porte une énorme valise ! Il pleure, me demande de fermer le portail derrière lui ! Il me charge d'une mission, celle de protéger ma mère ! Ils se séparent, peut-être que plus tard…

Je pleure, je hurle : comment pourrais-je protéger maman alors que toi, grand bonhomme, tu n'as pas réussi ? Tu la mettais toi-même en danger de mort ! Et puis papa, pourquoi tu me laisses ? Je me ferais petite, emmènes-moi ! Qui te soignera si tu es loin, tout seul et malade ? Il me répond qu'il ne peut pas m'emmener parce qu'il n'a même pas encore d'appartement et que maman va se supprimer si ses trois filles ne restent pas avec elle. Quelques années plus tard, celle-ci m'a avoué qu'elle aurait eu trop honte, aux yeux des gens, de ne pas avoir la garde de ses filles. Merci de ces aveux chargés d'amour !

La location de notre maison étant trop onéreuse, nous déménageons pour habiter dans une zone de logements sociaux. Je continue heureusement d'aller au même collège.

Je n'ai pas de nouvelles de papa : je ne le reverrais que beaucoup de mois plus tard. Que de souci je me suis fait ! Je l'ai cherché partout ! Je sais seulement qu'il travaille désormais à plus de cent kilomètres de chez nous. Mais où ? « Papa, tu m'as déjà oubliée ! ».

Un jour, je n'ose en croire mes yeux : papa est là ! Il n'est pas mort ! Il est toujours si exceptionnellement beau ! Comme je l'aime ! Il s'est installé dans un appartement, aime toujours maman, et il fera tout ce qu'elle désire pour la reconquérir. Il a beaucoup souffert, et s'est vraiment remis en question. Il a vécu seul et a supporté difficilement le manque de vivre à ses côtés : il en est sûre, elle est la femme de sa vie !

Le problème, c'est que maman reçoit désormais fréquemment la visite de son amant. Ils sont toujours ensemble. Il n'a pas divorcé, soi-disant « c'est pour bientôt ». Lorsqu'il vient, nous ne sommes pas autorisées, nous les trois sœurs, à rester dans l'appartement. Qu'il pleuve, qu'il vente, ou qu'il neige, nous devons rester dehors : nous devons repérer dans quelle voiture arrive monsieur, ainsi que le moment de son départ, de ce fait, nous avons la permission de rentrer. Très tristes au départ, cela nous a permis de rencontrer des personnes d'origines sociales, et culturelles très variées. C'est un véritable melting pot, dans lequel toutes les nationalités et toutes les couleurs cohabitent. Mes parents très racistes depuis toujours, nous pouvons désormais nous enrichir de ces rencontres, nous créer un réel réseau d'amitié : « vous pouvez être copines avec eux, mais n'en ramenez pas un à la maison ! ». Merci les parents d'avoir voulu nous protéger d'un hypothétique danger. Nous n'avons pas attrapé de sales maladies en les côtoyant. Au contraire, ils nous ont beaucoup plus apporté, pendant quelques années, affectivement parlant, que vous en toute une vie !

CHAPITRE VINGT-ET-UN

La déclaration

Papa a donc pris rendez-vous avec maman pour lui faire une déclaration d'amour. Il reste de longues minutes avec elle. Je le vois sortir de chez nous avec les yeux remplis de larmes : maman lui a annoncé qu'elle ne l'aimait plus, qu'ils ne revivraient plus ensemble. Il me dit aussi qu'elle lui a ri au nez ! J'ai peur que papa se tue ! J'ai peur qu'il disparaisse complètement de ma vie cette fois-ci ! N'a-t-il pas dit, en arrivant, que seule maman lui manque terriblement : en tous les cas, il ne nous a pas citées, mes sœurs et moi ! J'ai mal pour moi, pour lui : connaissant le degré d'orgueil qu'il a en lui, la démarche a du lui coûter. C'est vraiment qu'il aime maman très très fort ! J'ai mal pour lui, pour nous, pour moi ! Et je pleure, je pleure. Et… il part !

Heureusement, même s'ils n'arrivent pas à me consoler totalement, mes nouvelles petites bouées, mes nouveaux amis, sont présents. Je n'ai pas besoin de tout leur raconter, ils ont aperçu papa tout à l'heure et ils savent comment je l'aime, et combien il me manque !

Par contre, quand je rentre à la maison, maman voit mes yeux enflés et rougis d'avoir beaucoup pleuré. C'est comme un affront pour elle. Elle me balance au visage qu'il faut que je sorte de sa vue et de sa vie, qu'elle ne veut plus me voir, que je ressemble trop physiquement et psychologiquement à mon père. Ces paroles qui devraient me heurter, me remplissent de joie : je ressemble à papa, personne que j'admire ! Ne me jugez pas : je ne cautionne pas les coups qu'il a portés sur maman et sur mes sœurs. Mais je pense qu'il est redevenu le papa d'avant, l'homme de la campagne qui fait découvrir la nature à son enfant, qu'il est guéri, qu'il n'est plus méchant ! Physiquement, je me dis que si je lui ressemble, je ne dois pas être si vilaine que ça, il est tellement beau ! Et subitement, je me mets à sourire. Maman est furieuse ! Elle m'annonce qu'elle en a marre de moi mais qu'elle a trouvé une solution pour se débarrasser de ma personne : elle me fait une valise qu'elle jette dans les escaliers, et me dit que ça tombe bien, qu'elle ne verra plus ma sale gueule. Une assistance sociale va venir me chercher aujourd'hui, pour m'emmener dans une famille d'accueil. Que je n'attende pas ses visites, maman me dit qu'elle ne viendra pas me voir ! De toutes façons, elle veut refaire sa vie avec son chéri, elle veut respirer, ne plus faire la bonniche pour ses trois parasites qui envahissent son univers. Elle oublie à ce moment, que ce sont mes sœurs et moi-même qui gérons tout le quotidien à la maison : repas et ménage. Papa, quant à lui, il verse une pension alimentaire plus que raisonnable, ce qui est normal mais à ne pas oublier. Avec le salaire de maman en plus, il serait impossible d'être en difficulté financière ! En tous cas, elle me met à la porte. Je reste toute la nuit près de la minuterie. J'ai peur dans le noir. J'ai peur d'être abandonnée également par maman. J'ai honte que les voisins me voient. Ils vont penser que j'ai vraiment fait quelque chose d'horrible pour être éjectée ainsi de chez moi ! Malgré les sanglots que maman doit entendre, je passe la nuit sur le paillasson, avec la peur de voir arriver quelqu'un de la DDASS. Mais cela ne lui donne pas de remords. Pas de pitié. Elle n'est pas du tout attendrie par mes yeux rougis ! Le lendemain matin, lorsqu'elle ouvre la porte, elle me dit que je suis tellement nulle, moche, et méchante, que personne n'a du vouloir de moi. Elle me fait rentrer, avec pour cadeau de bienvenue, de grandes claques sur le visage !

Physiquement, cette ressemblance avec mon père, s'affirme au fur et à mesure que je vieillis. Très souvent, les personnes que je n'ai pas vues depuis très longtemps, m'en font la remarque. Il est vrai que j'ai hérité de ses yeux, de la forme de son visage, d'expressions gestuelles. C'est sûr que ça doit être dur pour maman, qui a bien compris que papa est mon dieu, et que nous avons partagé de grands moments de complicité dans nos anciennes escapades ! De plus, je lui rappelle les monstruosités qu'elle a subies : je suis un réel cauchemar pour elle ! Finalement, alors qu'elle m'oubliait de plus en plus, je redeviens son souffre douleur, et il vaut mieux que je disparaisse le plus possible de devant ses yeux. Je reste dehors le plus tard possible, sort de chez elle de bonne heure. Je fais tout pour ne pas la rencontrer et lui donner le moins possible, l'opportunité de s'en prendre à moi.

Quelques jours plus tard, elle m'accueille dans l'appartement comme une furie. Elle me tire par les cheveux, et me traite de grosse dégueulasse : ma chambre, que je partage avec ma sœur Renée, est un vrai taudis selon elle. Effectivement, quelques vêtements, pourtant propres, traînent sur nos lits et sur une chaise. Elle s'empare de tout ce qu'elle peut, véritablement hystérique, vide les placards, et,…, jette tout par la fenêtre. Nous habitons au premier étage, mes amis sont assis sur des bancs, derrière chez moi. Ils assistent, stupéfaits, au « nettoyage de printemps » de ma mère ! La honte : tout vole ! Les slips et soutien-gorge, les cahiers, les vêtements ! Et puis surtout elle hurle à la fenêtre que je suis une souillon. Quelle horreur ! Il faut que je descende, et tout de suite, chercher les affaires qui ont été jetées ! La honte encore ! Mais mes amis sont là, ils me serrent dans leurs bras et me bichonnent. Certains veulent aller engueuler ma mère. Je les supplie de ne rien faire, qu'elle me massacrera après, que j'avais qu'à ranger mes affaires. Ils se baissent donc, et m'aident à ramasser tout ce qui a été jeté. C'est sûrement une des raisons pour laquelle j'ai toujours accordé une importance si intense aux quelques personnes à qui j'ai accordé mon amitié : je ferais toujours tout ce qui est en mon pouvoir pour les aider ! Je peux être aimée, je suis aimée ! Et puis, j'ai surtout appris à ne pas trop juger les gens : on ne sait pas ce qu'il se passe chez eux, lorsqu'ils ferment leurs portes. Il y a sûrement beaucoup de gens souffrants, et puis chacun a suffisamment à regarder dans sa propre maison. J'ose espérer que maman était, dans ces moments de crise, en état alcoolique, même si je ne lui souhaitais pas cette maladie. Cela serait plus facile pour lui pardonner ces humiliations.

Mes amis encore plus proches que jamais, sont pour la plupart espagnols, algériens, ou portugais : ils ne comprennent pas pourquoi ma mère agit comme ça avec moi. Comment une maman peut agir comme ça ? Eux, ils me disent que je suis douce, conciliante et importante pour eux. Je deviens un peu comme leur petite sœur. Ils m'invitent chez eux, ils me prennent sous leurs ailes. Malheureusement, deux de ces précieux amis sont morts, quelques années plus tard, dans un accident en moto, deux autres ont quitté le département, et puis le temps passant… Nous nous sommes perdus de vue. Je les porte toujours dans mon cœur comme mes héros, mes petits soldats !

CHAPITRE VINGT-DEUX

De si charmants enfants

Maman a reçu aujourd'hui un coup de téléphone de nos anciens voisins : ils viennent d'avoir des triplés, suite à une fécondation in utero, et cherchent quelqu'un pour seconder la maman. Il faut faire le ménage et garder les enfants le mercredi après-midi et le week-end. Ils sont très riches et peuvent largement payer quelqu'un pour garder leurs trois petits : deux filles et un garçon. Je me propose donc pour occuper ce job. Ils sont adorables tous les trois... Les parents un peu moins... Je deviens très vite leur bonne à tout faire : je dois m'occuper de leurs enfants, faire le ménage, et les repas. Pendant les grandes vacances scolaires, c'est du sport ! Je suis dépassée par les évènements. Les parents s'en donnent à cœur joie : ils me paient une misère. Je donne l'argent à maman, et eux partent faire des parties de tennis ou des sorties en week-end. La première fois qu'ils me laissent la garde de leurs enfants, ceux-ci ont un an et demi. La maman m'a demandée de leur préparer des pâtes et du jambon, en me disant bien que ce sont encore des bébés : il faut donc que je fasse très attention à ce qu'ils n'avalent pas de travers. Moi, je me mets à cuisiner, et puis je passe le tout au robot multifonctions ! C'est de la colle ! Les pauvres petits se contentent de petits yaourts. J'ai jeté et caché mon chez d'œuvre dans la poubelle !

Je les adore, mais je suis complètement novice dans la garde d'enfants ! Je suis dépassée par les évènements. J'ai peur qu'ils se fassent mal ! Ils touchent tout, découvrent le monde. Je ne sais plus où donner de la tête et cours de quelques activités ménagères aux petits. C'est épuisant et démoralisant ! Mais c'est formateur, on apprend rapidement à s'organiser dans ces moments-là. Je suis même « invitée » à partir avec eux pendant un mois en Corse, afin de continuer à exercer mes fonctions d' « enfant à tout faire ». En plus, comme dit maman, je ne serais pas là pour l'envahir, et je servirais au moins à quelque chose. Je suis un estomac onéreux à remplir, elle fera des économies. De plus, je lui reverserais ce que je vais gagner, je lui coûte si cher !

Cette île, en tous cas dans le peu que j'ai pu découvrir, est magnifique. Par contre, s'occuper des tout petits au bord de la mer Méditerranée, c'est plus délicat ! Heureusement que les trois petits font de grandes siestes l'après-midi, ça me permet de me reposer également. Je suis épuisée de soucis, déprimée. J'espère que ce séjour va passer très vite, et que je vais arriver à gérer. Maman me manque. Papa me manque plus que tout, je pense tout le temps à lui : et s'il venait me chercher, ou simplement me voir ? J'ai peur de rater une hypothétique rencontre ! Je n'ai même pas son numéro de téléphone pour le prévenir de mon départ ! J'ai su, à mon retour, qu'il n'avait pas cherché à me joindre, d'aucune façon. Je suis effondrée ! Je n'ai même pas mes amis pour me réconforter, leurs épaules sur lesquelles m'appuyer : de toutes façons, ils sont, pour la plupart, en vacances dans leurs pays d'origine. Je suis euphorique, à mon retour de ce séjour, quand je reçois les cartes postales qu'ils m'ont envoyées ! Ils ne m'oublient pas ! De plus, et cela m'étonne, maman n'a pas fait disparaître ces précieux courriers, venant de mes amis, ceux-ci n'étant pas de nationalité française, fait déshonorant pour elle. Etonnant, surprenant. Peut-être que mon absence pendant ce mois l'a fait réfléchir et qu'elle m'aime un peu quand même !

J'ai, beaucoup plus tard dans ma vie d'adulte, rencontré un homme qui a pris une importance immense à mes yeux : c'est quelqu'un pour qui j'ai une très grande tendresse, que j'ai souvent peur de perdre et de décevoir. C'est quelqu'un de très intelligent, avec un très grand cœur, quelqu'un de grande valeur, une grande fragilité et beaucoup de sincérité. C'est ma petite canne, mon confident, quelqu'un de tellement précieux pour moi ! Je serais toujours là pour lui, quoi qu'il se passe entre nous, conflit ou distance. Il sait me parler, avec beaucoup de respect et de pudeur, me booster lorsque je me laisse aller. Il me conseille, me sermonne parfois, il est adorable ! Il se fait de plus en plus rare, je n'ose pas le déranger. Il me manque réellement, et très souvent. Mais il reste ancré profondément dans mon cœur !

J'ai toujours inculqué à ma fille, les vraies valeurs de la vie : je ne suis pas un modèle idéal pour elle, mais je fais tout pour qu'elle se crée un univers avec des amis sincères, qui ne regardent pas la vitrine, qui sont authentiques et naturels. J'essaie de lui faire comprendre que la critique est constructive lorsqu'elle est justifiée, que l'amitié est un échange, pas de l'abus de pouvoir en profitant de la faiblesse des autres. L'amitié est un cadeau de la vie, car rare et précieuse : elle se mérite, s'entretient, et s'accompagne de sincérité. Elle est fragile donc difficile à garder. On peut aussi devenir la petite canne sur laquelle on peut s'appuyer.

Le retour de mes amis se fait dans le bonheur total : nous nous sommes manqués ! Alors on rattrape le temps « perdu » en se séparant le plus tard dans la soirée, en se serrant, sans ambiguïté dans les bras les uns les autres. C'est l'extase !

CHAPITRE VINGT-TROIS

Ma naissance

Les années collège passent rapidement. Fait très important : j'ai les cheveux LONGS ! Je m'amuse à les laisser pousser, les attacher, les fais bouger pour qu'ils me caressent le visage. C'est une grande victoire pour moi. Je suis fille et je le revendique avec ma tignasse que je fais virevolter avec enthousiasme. Cela doit faire complètement idiot pour les autres de me voir danser avec mes cheveux. J'ose arborer quelques jolis colliers, me dessine un trait de couleur sous les yeux. Je me libère enfin de toutes les anciennes interdictions de mes parents. Je peux exprimer ma personnalité, tout en restant, le plus possible, assez discrète. Je n'ose pas encore porter des robes ou des jupes, mais ces petits changements me remplissent de joie. Je suis née fille, et je l'affirmerai, quoiqu'en pensent mes parents. Voilà les débuts de la construction de ma personnalité : je me construis un « je » timidement mais sûrement. De toutes façons, je suis devenue de nouveau presque invisible pour maman. Pour papa, ai-je une quelconque importance ? Je ne l'ai toujours pas revu. J'y pense toujours très souvent : il me manque, je souffre de ne pas le voir. J'espère qu'il ne prendra pas comme une trahison le fait que je laisse exprimer librement ma féminité.

Samedi soir, l'amie avec qui je fais de la gymnastique rythmique, m'invite à dormir chez sa grand-mère. C'est l'argument qu'elle développe à ma mère, par téléphone, et celle-ci la croit. En fait, son frère organise une fête à l'occasion de ses dix-huit ans ! Les parents de Nadine sont absents, ils ont la maison à eux. Nadine s'est engagée à ne rien rapporter à ses parents à propos de cette fête, à la seule condition que nous soyons invitées toutes les deux. Petit chantage qui porte ses fruits. Nous avons treize ans : moi, j'ai toujours paru plus vieille que quelqu'un de mon âge. Mais j'ai encore peu vécu, je suis encore bien jeune, et, le soir venu, je passe mon temps à observer les autres. Tout me surprend : les garçons arrivent dans des voitures, pour plusieurs d'entre eux des deux-chevaux toutes colorées ou bien esquintées, les autres en motos ! Je suis ébahie ! Certains d'entre eux ont de superbes cheveux frisés qui leur tombent sur les épaules, de gros et épais pulls mauves, des clarks et des vestes hippies ! Ils sont beaux ! Les filles qui les accompagnent ont également les cheveux longs et des jupes longues jusqu'aux pieds ! Elles portent pour la plupart des kicker's. J'ai l'impression d'être dans un rêve. La soirée commence : la musique fait un bruit impressionnant ! C'est la période de Nina Hagen, du groupe AC/DC et de Kiss, période de hard rock et de punk. C'est irréel : je reste spectatrice plutôt que je ne participe. En voilà quelques uns qui fument des cigarettes qui les rendent assez euphoriques, d'autres qui n'oublient pas de se désaltérer avec des cocktails qui les rendent assez volubiles et délirants ! Je voyage gratuitement, et découvre un univers jusque-là jamais entrevu ! J'imagine mes parents me surprendre avec ces extra-terrestres, et passe la fin de la soirée à éclater de rire. Ca fait un bien fou ! Le dimanche, j'ai emmagasiné pleins d'excellents souvenirs, et je suis encore plus heureuse d'avoir « omis » de tout révéler à ma mère. Ces moments de bonheur, elle ne me les gâchera pas ! Elle ne me les salira pas ! Je traîne le reste de la journée à rêvasser. Mon amie Nadine a bien vu que j'ai pris un plaisir énorme lors de cette soirée. Pour la prolonger, elle m'apporte dès le lendemain au collège, des disques de Renaud et de Trust ! Elle ne pouvait pas me faire plus plaisir : rentrée chez moi, je les écoute en boucle, mais surtout en sourdine, sur un électrophone orange ! J'adore ça ! Depuis quelques jours, je me surprends à tirer sur mes pulls pour les déformer et les agrandir. Je javellise mes Jean'S, et essaie de faire friser mes cheveux en leur faisant des tresses la nuit. Je me trouve beaucoup plus belle, en tous les cas, beaucoup moins laide ! Je passe encore moins inaperçue au collège : j'ai un certain style et je m'épanouis avec. Mes amis et moi-même, nous nous retrouvons toujours le soir, en bas de chez moi : ils me félicitent eux aussi ! Je prends un peu de confiance en moi.

Dans les années quatre-vingt, on peut rentrer plus facilement en boîte de nuit : j'en profite donc, toujours aussi peu la bienvenue chez moi, pour aller rencontrer de nouveaux amis, ou retrouver ceux que j'ai connu chez Nadine. Je suis toujours autant observatrice de ce qui se passe, et prend de plus en plus de plaisir à me mêler aux autres. Ma grande sœur se rend fréquemment dans ces soirées, et n'apprécie qu'à contre cœur, que je copine avec certains de ses amis. J'imagine que ça devait être assez pénible de se coltiner la petite sœur. Lorsque des copains à elle me font des petits compliments, elle leur rappelle que je suis encore un bébé, moi je lui réponds qu'elle est jalouse ! Elle a du souffrir de ma présence à cette époque. D'autant plus que mon autre sœur, Renée, se met à nous suivre également ! Elle, elle est vraiment magnifique. C'est incroyable la beauté et le charme cumulés qu'elle possède : beaucoup de chevaliers servants sont à ses pieds, et elle commence à avoir ses premiers flirts. Je trouve ça dégoûtant : Nadine m'a expliqué que les amoureux s'embrassent sur la bouche, mais également que les langues se touchent ! Ca me donne envie de vomir : j'ai peur que ma sœur ne soit pas sérieuse et fasse n'importe quoi. Je me mets à la surveiller, et lui fait des remarques par rapport à des comportements que je trouve déplacés. Je suis en plein fantasme, car ma sœur a toujours été assez droite dans son fonctionnement avec les hommes, et n'est « passée à l'acte » qu'avec son actuel mari ! J'ai eu, au fond, réellement peur qu'elle se fasse éblouir par un beau parleur, et qu'elle finisse rapidement avec un marmot sur les bras,..., et en subisse les conséquences. J'ai peur qu'elle soit obligée d'épouser, tant soit peu qu'on lui propose, un fêtard qui aime l'alcool, et qui la batte ensuite... Je crois très peu aux soi-disant contes de fée, ou alors à leurs débuts : « il était une fois » devient vite « ils se haïrent rapidement ». Bonjour les désillusions. C'est sûr, je ne crois pas à l'amour doux, l'amour durable et aveuglant ! Automatiquement, il doit se passer un drame quand on se passe la bague au doigt !

CHAPITRE VINGT-QUATRE

De la tendresse !

Je prends toujours autant de plaisirs à retrouver mes amis en soirée. De nouvelles sensations me bouleversent pourtant : mon cœur s'affole lorsque je croise le regard de Roberto ! Ses cils sont longs et fournis, et il a des fossettes quand il sourit ! Lui, il a deux ans de plus que moi, et il me considère toujours comme sa petite sœur ! Un jour, je le vois embrasser tendrement une jolie brunette. Ils ne m'ont pas vue. J'éclate en sanglots. Ce n'est plus de l'amitié que je ressens pour lui. Je ne pense qu'à lui, il occupe toute mes pensées, il m'envahit l'esprit ! Quelques temps plus tard, il se fait éconduire par sa petite amie. J'en suis sur le coup, égoïstement soulagée, mais lui il souffre. C'est à cette époque que le chanteur Renaud chante « Manu », chanson qui correspond pleinement à ce que vit mon amoureux secret et moi-même. Je pleure d'impuissance en écoutant les paroles. Je n'arrive pas à le consoler, et j'arrive à souhaiter qu'elle revienne vers lui. Ce qu'elle ne fera pas. Il met quelques mois à cicatriser ses blessures de cœur. Il me parle souvent d'elle, il l'aime toujours. Moi, je souffre qu'il ne m'entende pas, mais je souffre également de le voir souffrir. C'est compliqué l'amour : il faut que deux personnes s'aiment en même temps, pour le même temps. En aimant l'autre, un jour ou l'autre, on sait qu'on va le faire souffrir, ou qu'il va faire souffrir en n'aimant plus. Mais peut-on se blinder à l'amour, maîtriser ses sentiments ? En tous cas, Roberto me tombe un jour dans les bras, ou plutôt sur la bouche ! J'ai l'impression que je vais m'évanouir : tant de douceur, de respect et de délicatesse ! Mais voilà qu'il se met à bafouiller et à s'excuser ! Je ne comprends plus rien ! Qu'ai-je fait ? Il se met à m'expliquer qu'il n'aurait pas du faire çà, que je suis comme sa petite sœur, que c'est presque incestueux. J'éclate en sanglots : l'amour c'est souffrant. Je me suis fait avoir : j'ai peur qu'il m'en veuille de m'être laissée embrasser, qu'il me prenne pour une fille facile. J'aurais tellement aimé qu'il comprenne que si je me suis laissée aller, c'est parce que je l'aime vraiment, que je suis folle de lui ! Alors, je lui livre tout ce que j'ai sur le cœur, en me disant que de toutes façons, je l'ai perdu à vie : je suis persuadée que je viens de perdre le deuxième homme que j'ai aimé, le premier, c'est papa, de manière différente, mais si fortement ! Comme dans les films, alors qu'il a commencé à partir, il revient sur ses pas, et m'embrasse de nouveau ! C'est le bonheur ! Je l'aime mon petit amoureux portugais... Pourvu que maman n'apprenne pas que je fréquente un étranger ! Je n'en ai pas honte, j'aimerais même le crier au monde entier ! Mais j'ai peur qu'elle salisse cette belle histoire, qu'elle m'interdise de le revoir. Elle n'en a jamais rien su.

Avec ses copains, Roberto m'apprend à jouer aux cartes, à la belote et au tarot : nous passons des soirées entières à jouer chez les uns ou chez les autres. Nous partons très souvent nous promener sur les bords du Rhône, main dans la main, nous nous asseyons dans les prés, et il me caresse les cheveux ! Nous nous faisons des promesses que nous allons tenir : toujours être là, l'un pour l'autre. Notre flirt, le premier pour moi, a duré de longs mois, mélange d'amour et d'amitié, quelque chose de très beau, de naïf, de sincère, de platonique. Et puis lorsque je suis rentrée en seconde et lui en terminale, dans des lycées différents, nous nous sommes de moins en moins vus, mais toujours autant tendrement ! Il a fait très malheureusement parti de ce duo de garçons qui se sont tués quelques années plus tard, dans un accident de moto. La vie est difficile, on ne choisit pas de l'intégrer. Mais une mort si injuste, qui touche des êtres si jeunes ! Je pense encore douloureusement à toi et à tes parents, (à ceux de ton ami aussi), qui ont dû horriblement souffrir de perdre un enfant, toi de surcroît ! Un fils si aimant et respectueux de ses parents, de sa famille, de ses amours ! Merci à eux de t'avoir mis au monde, de t'avoir inculqué de si nobles valeurs, d'habiter ce quartier dans lequel je t'ai rencontré ! Mon petit Roberto, tu as été et tu seras toujours mon premier grand amour. Merci pour m'avoir apportée tant de bonheur et de tendresse, tant de respect et de douceur, tant de partage et de communication ! Merci de m'avoir trouvée belle, « les yeux de l'amour ». Merci de m'avoir donné de la confiance en moi ! Merci de m'avoir aidée à grandir ! Merci de m'avoir apprivoisée, de ne rien avoir exigé de plus de moi, moi qui avais tellement peur, mais aussi tellement besoin d'amour ! Merci d'avoir été toi, intégralement, avec tes innocents et touchants délires, ton humour fin et délicat, et ton respect envers tous ceux que tu as rencontrés !

CHAPITRE VINGT-CINQ

Le crash !

Je suis désormais dans une classe de seconde, dans un lycée en périphérie de la ville. Je me sens toute petite. Je vois très peu ma mère, qui semble passer de délicieux moments avec son amoureux. J'en suis heureuse pour elle. Je ne prends pas de risque, je l'évite le plus possible. Un jour où je ne lui ai pas demandé, comme d'habitude, l'autorisation de sortir, (il faut toujours plus demander la permission de rentrer), un copain m'invite à aller danser. A quelques kilomètres de chez nous, tous les dimanches après-midi, il y a des bals organisés par la commune. Ce copain, Patrick, est plus vieux que moi. Il a le permis de conduire et possède une superbe R12 Gordini. Nous passons donc un délicieux moment à nous éclater, à danser comme des fous. Il fait très chaud : Patrick boit beaucoup. Lorsque nous prenons la voiture pour rentrer, la nuit est tombée, et Patrick a la vue et les réflexes bien assez perturbés par les effets pervers de l'alcool. Après avoir parcouru quelques kilomètres, j'entends soudain un bruit bizarre, comme si quelque chose craque, suivi des cris de mon copain. Je vois s'approcher très rapidement et irréversiblement le mur d'une maison. Je me sens tourbillonner ensuite comme dans une machine à laver : perte de contrôle du véhicule, un grand choc sur la tête, et puis trou noir. Lorsque je reprends connaissance, Patrick se réveille également. Nous nous rendons rapidement compte que la maison est inhabitée, et qu'elle nous a sauvé la vie en nous arrêtant : de chaque côté de celle-ci, il y a de grands ravins ! Nous aurions dus mourir ! Nous sommes en état de choc ! Nous ne pouvons pas appeler les secours, d'ailleurs comment, ce n'est pas encore l'époque des portables, et il n'y a pas de maison autour ! Et puis, si les gendarmes venaient, ils feraient peut-être souffler Patrick dans un éthylotest, ce n'est pas la peine d'en rajouter. On a peur de finir en prison. Nous attendons donc, silencieux, le passage d'une voiture, en espérant que nous trouverons un automobiliste conciliant, qui nous ramènera jusqu'à chez nous, quelqu'un qui ne nous posera pas trop de question. Patrick a complètement été dessoulé avec cet accident, il n'a qu'une peur, c'est de se faire massacrer par ses parents. Après tous ces tonneaux, la voiture est complètement foutue ! Finalement, une voiture ralentit et s'arrête à notre hauteur. Nous expliquons au conducteur, brièvement, ce qu'il nous est arrivé. Monsieur très gentil et responsable, il nous propose de nous emmener à l'hôpital. Nous refusons, et après lui avoir fait la promesse, non respectée ensuite, de prévenir nos parents de cet accident et de nos pertes de connaissance respectives, il nous dépose près de chez nous. Nous rentrons le plus discrètement chez nous. Mais maman m'entend et m'accueille avec d'indispensables claques pour me féliciter de rentrer si tard. Je ne peux rien lui avouer. Pourtant, j'ai la tête qui semble éclater ! Je vais vite me cacher dans ma chambre, et pleure de douleur et de peur : est-ce que je vais mourir cette nuit ? Bêtement, comme je l'ai vu dans un film à la télévision, je mets mon réveil à sonner toutes les trois heures : si je me réveille, c'est que je ne suis pas morte. Je suis complètement incohérente, je deviens folle de douleur, et tombe dans un profond sommeil. Je n'ai pas entendu le réveil de la nuit : suis-je morte, ou ai-je plongé dans le brouillard ? En tous cas, il est sept heures du matin, je dois me préparer pour prendre mon car et aller au collège. J'ai mal partout. Je suis couverte de bleus suite aux tonneaux ! Je m'approvisionne en antalgiques de toutes sortes, me lave la bouche pleine de sang, bien moins pleine de dents : sept d'entre elles ont littéralement explosé lors de l'accident, chance pour moi, ce sont les dents du fond de la mâchoire, ça ne se voit pas du tout !

Je suis accueillie à mon arrêt de car par Nadine, qui a quelque chose d'urgent à me dire. Je suis impatiente de savoir ce que c'est. Elle m'apprend que papa est venu me voir, qu'il a demandé de mes nouvelles, mais qu'il est déjà parti. Je suis partagée entre une irrésistible envie de pleurer, je l'ai raté, et une grande bouffée d'espoir, en me rendant compte qu'il ne m'a pas oubliée ! J'ai tellement changé ! Va-t-il me reconnaître ? Va-t-il me demander de me couper les cheveux ? Va-t-il seulement revenir ? Et dans combien de temps ? Papa pense à moi, papa essaie de me rencontrer de nouveau ! Il a du demander à maman comment me joindre, elle l'aura donc renseigné ! Papa tu as failli ne jamais me revoir, j'ai failli mourir hier ! Et surtout, j'ai failli ne pas te revoir ! J'éclate en sanglots, et explique tout à Nadine. Je n'ai jamais rien avoué de l'accident à mes parents. Par contre, dès que j'ai eu mon propre appartement et que j'ai pu me payer une mutuelle, j'ai rapidement pris rendez-vous chez un dentiste, qui m'a opérée afin d'enlever les restes de dents qui s'infectaient dans mes gencives, et qui me faisaient si cruellement souffrir depuis de longues années ! Peu de temps après, mon père m'attendait de nouveau au lycée : pour ne pas le rater, j'ai toujours pris le car de plus bonne heure afin de ne pas louper une éventuelle rencontre.

Quelques temps plus tard, j'ai fait la connaissance d'une amie de ma sœur : c'est une beauté. Style « baba cool », elle en a toute la panoplie : les cheveux longs et frisés, des longues jupes, des foulards, des sacs en tissu… Elle est attentionnée, et me glisse toujours un petit mot gentil. C'est un nouveau modèle. Je m'identifie à elle, et va jusqu'à commencer à fumer : elle est tellement élégante quand elle expulse la fumée de sa cigarette ! Je sens donc désormais l'odeur du tabac. Papa l'a sentie, et, à chaque fois qu'il vient me voir au collège, il m'approvisionne en cigarettes brunes et sans filtre. Petit papa encore une fois si maladroit pour communiquer son amour ! Quel lieu atypique pour rencontrer son enfant ! En tous cas, ces cigarettes ont la saveur, le goût et l'odeur de deux personnes qui me fascinent, et je deviens vite accro, malheureusement, à ces nouvelles compagnes. Le problème, c'est que je suis rapidement devenue dépendante de ce plaisir qui tue à petit feu. Mes notes deviennent rapidement très moyennes, je vis ma vie au jour le jour : j'existe sans exister, en attendant la venue de papa. J'ai demandé quelques années plus tard à mes sœurs si papa venait les voir à leurs lycées respectifs, elles m'ont répondue que non. Je regrette de leur en avoir parlé, elles ont dues se sentir encore moins aimée par papa, heureusement que maman leur démontrait à elles de réelles attentions d'amour maternels : elle leur disait au moins bonjour, de plus en les embrassant, et les appelait avec des petits surnoms doux. Un lien spécial était donc tissé entre papa et moi.

CHAPITRE VINGT-SIX

Belles histoires !

A ce jour, mes parents refont leurs vies avec d'autres personnes : maman s'est remariée avec un homme que j'apprécie particulièrement. Sans famille, tout du moins il a un frère qu'il ne côtoie plus, il a été élevé à l'assistance publique. Ma sœur aînée et moi-même, ainsi que nos enfants, nous avons la chance de l'avoir comme beau-père. Il est très proche de nous. Maman a trouvé quelqu'un de patient, qui sait la « cadrer » quand elle en a besoin, et fait appel à nous lorsqu'elle va mal. Elle a sombré dans la maladie qu'est l'alcoolisme il y a quelques années, et nous l'avons aidée ensemble, à se reprendre… Rien n'aurait pu se faire sans elle, elle a été très courageuse, une victorieuse battante. Maman m'a demandée d'être son témoin lors de son mariage. J'ai accepté, en espérant de tout cœur, qu'elle soit heureuse, et qu'elle entreprenne tout pour que cette histoire d'amour dure toujours. Ce « monsieur » est quelqu'un de simple, et nous représentons la famille qu'il n'a jamais eue. Il est originaire de la Camargue et a un délicieux accent chantant de là-bas. En souvenir de son « pays », nous le surnommons « le papet ». Il est adorable avec son gros bidon gros comme celui du Père Noël !

Malheureusement, ma sœur Renée et maman sont fâchées depuis de longues années. Il y a eu une grosse dispute entre elles quand maman buvait encore. Elles ne se sont plus revues, et si elles se croisent, elles ne se disent même pas bonjour. J'essaie de donner des nouvelles de l'une à l'autre, leur fait passer des photos. Peut-être qu'un jour…

Marie, elle, n'a jamais vraiment pardonné à papa le comportement cruel qu'il a eu envers maman. Ma sœur Renée et ma sœur Marie sont toutes les deux fâchées depuis ces histoires, et elles se disent tout juste bonjour, quand elles se rencontrent, toujours par hasard. Je suis donc la seule à faire le tampon dans toute cette famille, ou il y a tant de problèmes de communication, de non-dits, ou de mal dits ! J'espère qu'ils feront tous la paix un jour, avant qu'il ne soit trop tard ! En tous cas, finies les rencontres et les fêtes de famille : il manque toujours beaucoup de monde.

Papa, lui, a refait sa vie avec une femme très douce, patiente et aimante. Je peux l'appeler quoiqu'il m'arrive, elle est toujours là. Papa la respecte, ne lui lève pas la main dessus, et trouve enfin la sérénité dont il a besoin. Elle est aussi belle physiquement qu'intérieurement : cette grande dame aux grands yeux bleus et aux belles dents du bonheur, est quelqu'un d'exceptionnelle, je suis contente que papa puisse s'appuyer sur quelqu'un comme elle. C'est une vraie sainte, toujours à faire plaisir et à accueillir la famille de son compagnon. Quoiqu'il arrive, je serais toujours là pour elle ! Elle me rappelle ma mémé boulette sur bien des plans : don de soi, patience et partage. Elle fait le jardin avec papa. Elle sait faire passer ses colères qu'elle tourne en dérision, avec beaucoup de tact et d'humour. Elle le suit à la pêche, ramasse les champignons avec lui : ils s'empressent ensuite de nous faire déguster leurs trophées. Elle lui fait découvrir que la vie peut-être très douce, en le prenant intelligemment et délicatement par la main, toujours à l'écoute, mais sans soumission. Une vraie femme aimant et bichonnant son homme, autant que lui la couve d'amour et de fierté. Il y a réellement beaucoup de complicité entre eux : c'est une belle histoire ! Belle revanche sur leurs échecs respectifs passés. Soyez gourmands de cet amour qui dure depuis plus de vingt-cinq ans maintenant !

CHAPITRE VINGT-SEPT

Mon amour !

Je suis allée chez ma mémé boulette aujourd'hui. Je la trouve fatiguée et amaigrie, elle semble se forcer à sourire. Je la questionne, mais elle n'est pas femme à se plaindre. Je lui fais un peu de ménage : elle qui me l'interdit habituellement (« je ne suis pas sa bonne ») elle me laisse faire en soupirant. Elle semble ne plus en pouvoir. Je rentre à la maison et le signale à maman. Prise de rendez-vous chez le médecin et le verdict tombe : ma petite mémé boulette d'amour a développé un cancer. D'après le médecin, elle doit énormément souffrir, et il n'y a plus grand-chose à faire… Mon monde s'effondre ! Maman prend la décision de ne pas lui dire qu'elle va mourir. Le médecin s'en abstient également. Maintenant, travaillant en maison de retraite, je me rends compte que cela a été une erreur de notre part : de ce fait, elle n'a pas rencontré l'aumônier de l'hôpital, et n'a sûrement pas pu régler certaines choses enfouies en elle! Ma mémé boulette est hospitalisée en urgence. Mon lycée est à deux pas de son hôpital. Je ne me rends plus en cours, et passe mes journées auprès de mon trésor que j'ai tant peur de voir partir. Je me dis qu'on va la sauver. Je prie le Seigneur ou quelqu'un d'autre qui pourrait la sauver! Je lui apporte des photos de la famille pour essayer de lui faire comprendre qu'avec tout notre amour elle va s'en sortir, qu'elle viendra vivre avec nous. Je passe des heures à espérer! Je la serre dans mes bras, caresse ses petits doigts boudinés, lui masse le dos. Qu'est-ce que je peux faire pour la soulager? Malheureusement, elle s'est éteinte une nuit, toute seule, après s'être complètement « vidée » dans sa chambre, et avoir tout nettoyé, sans avoir demandé de l'aide à quiconque. Egale à elle-même, elle est partie sans faire de bruit, sans appeler au secours, sans vouloir déranger. J'espère que nous nous retrouverons un jour, c'est ce qui m'aide à tenir. Ce n'est pas possible qu'on puisse aimer si fort, et que tout disparaisse subitement. C'est inhumain et inenvisageable! Pourquoi l'être humain a-t-il été créé avec des sentiments? Ca fait horriblement souffrir! Pour ma part, pour ne pas trop souffrir, je me suis faite une certaine idée de l'après mort: physiquement, nous disparaissons, mais nos âmes se retrouvent obligatoirement ultérieurement.

Lorsque ses enfants ont rangé ses affaires, ils ont trouvé une lettre dans laquelle elle parlait beaucoup de moi. Notre rencontre, trop courte pour moi, a été un cadeau du ciel. Je t'aime ma mémé, mon ange ! Je te parle toujours régulièrement, je te demande conseil. Je sais que tu es là, que tu ne m'abandonnes pas. Tu es mon ange gardien. Où que tu sois, je te retrouverais… A chaque personne précieuse pour moi, je leur parle de toi. J'aurais tellement aimé prendre plus soin de toi, vivre tout le temps à tes côtés, te préparer de bons petits plats, et te bichonner !

La réalité de cette mort a été si traumatisante, qu'il a été difficile de m'en remettre. J'ai « touché » le fond, et puis, j'ai appris à vivre avec, ou plutôt,… sans toi. Mon bijou, mon oxygène, ma princesse, ma Reine, je t'aime, je t'aime, je t'aime…

CHAPITRE VINGT-HUIT

Coup de foudre !

Ma sœur Marie a dix-huit ans et quelques mois. Elle a rencontré un garçon, qui s'appelle Gérard. Un véritable coup de foudre ! Il est toujours étudiant. Marie a arrêté d'aller à l'école. Elle travaille désormais dans une petite entreprise. Ils se retrouvent souvent chez moi, tous les deux, pour souper.

Ca a tout de suite accroché avec Gérard. Nous sommes rapidement devenus les meilleurs amis du monde. Il en est toujours de même à l'heure actuelle. Nous sommes confidents, nous nous disons toujours des secrets que nous n'avouons même pas aux autres. Je suis marraine de deux de ses filles, il est parrain de la mienne : nous nous sommes solennellement engagés à élever nos enfants s'il arrivait quelque chose à l'un ou à l'autre : je sais qu'il tiendra parole et réciproquement.

Un soir où Marie n'est pas encore rentrée du travail, il me dit qu'il a à me parler de quelque chose de très grave, qu'il tient que je garde absolument le secret. Je lui en fais serment. Alors, il me confie que ma sœur Marie attend un bébé, et qu'elle est enceinte de... plus de sept mois! Tout de suite, je l'imagine, la pauvre, portant ce secret, et travailler à la chaîne dans son usine. Son travail est difficile, il faut souvent forcer, porter lourd. Il y a de grosses difficultés dans son entreprise, et il va y avoir de nombreux licenciements économiques. Gérard me dit que ceci les tient beaucoup en souci, car ils vont se retrouver bientôt sans ressource, Marie n'ayant pas assez cotisé pour bénéficier d'allocations du chômage, et lui étant étudiant. Moi je me mets à pleurer: comme ma sœur doit être malheureuse! Comme elle doit souffrir dans son corps et dans sa tête! Que puis-je faire pour les aider! J'ai peur: Marie n'a passé aucun examen médical! Le bébé va-t-il bien? Gérard m'explique que Marie a peur d'annoncer cette grossesse à mes parents: maman va-t-elle les mettre dehors? Papa a prévenu maman, avant de partir de la maison, que s'il arrivait quelque chose d'anormal à un de ses enfants, qu'il tuerait tout le monde! Que va-t-il encore se passer? Et pourtant, le temps passe, le ventre de Marie s'arrondit, et il va bien falloir l'annoncer! Comment a-t-elle fait pour qu'on ne se rende compte de rien ? Gérard me répond que la mode des gros pulls les a bien arrangés : facile de se camoufler le ventre ! De plus, Marie a été très malade en début de grossesse : elle a beaucoup vomi, et a donc perdu plusieurs kilos. Gérard me fait renouveler mon serment, je vais tenir parole, même si je sais que ce n'est pas responsable, que ma sœur nécessite des soins ou tout du moins une surveillance médicale !

Lorsqu'elle rentre le soir, je fais mine de rien devant elle, mais j'essaie, dès qu'elle tourne la tête, de déceler cette grossesse sous son pull. Je vais être tatan, si tout se passe bien, mais je n'arrive pas réellement à l'intégrer. J'adore les enfants, et j'aurais dû être inondée de bonheur d'apprendre cette nouvelle. Mais j'ai tellement peur ! Il va y avoir un drame !

Et puis, un soir, j'arrive à la maison, et j'entends hurler dans la cuisine. Maman est arrivée et elle est en train de demander à Marie de soulever son pull. Marie refuse, puis acquiesce quelques minutes plus tard, sachant que de toutes façons, l'échéance est proche. Je vois donc surgir le gros bidon de ma sœur, lorsqu'elle soulève son pull, et dégrafe son pantalon. J'en ai envie de vomir ! Je trouve « ça » répugnant ! C'est une monstruosité ! Ce ventre déborde de toutes parts, il a été contenu pendant de si longues journées !

Lorsque j'ai été enceinte, je n'ai jamais aimé mon ventre, les grossesses dans la famille ayant été toujours si mal venues ! Pourtant, je l'ai désirée ma Charlène, et oui, une fille. Et dès que j'ai été enceinte d'elle, j'ai tout de suite développé une attitude hyper fusionnelle avec elle. Difficile de couper le cordon ! Tellement peur de mal faire, et puis surtout, avec tous les livres que j'ai lus, tellement peur de reproduire ce que mes parents m'ont fait ! Je vis donc dans la culpabilité d'être une mauvaise mère, de ne pas savoir protéger mon enfant ! J'imagine ce que doit vivre ma sœur. Partagée dans un immense désir d'être maman à son tour, et pourtant tellement peur de l'avouer ! Elle doit repenser aux menaces qu'a promulguées papa avant de partir !

Maman pique carrément une crise d'hystérie : qu'a-t-elle fait pour avoir des gosses pareils ! Sa fille aînée, une vraie traînée, qui aurait pu profiter de la contraception, ou se faire avorter contrairement à elle. Elle ne peut envisager que Marie et Gérard ont longuement réfléchi, et qu'ils désirent cet enfant, enfant de l'amour !

Il faut donc annoncer cette grossesse à papa. Cela se passe par téléphone. Que va-t-il se passer ? Va-t-il tous nous tuer ? Et bien, il surprend tout le monde en disant qu'il va être le plus heureux des grands-pères ! Il faut reconnaître que l'endroit de cette annonce a été judicieux : maman l'a appelé sur son lieu de travail, il devait être bien entouré. Subitement, tout le monde se relâche, tout comme le ventre de Marie ! Elle peut enfin vivre sa grossesse « pleinement », et s'épanouit réellement. Elle a eu par la suite avec Gérard, quatre autres et magnifiques enfants. C'est une vraie mère poule, elle aussi avec des vieux fantômes qui l'angoissent souvent quant à ses capacités à être une « bonne mère ». Réelle petite femme d'entreprise, elle gère sa petite famille avec beaucoup d'efficacité et d'amour ! Tout comme mon autre sœur, elle est vendeuse. Elle dit qu'elle s'épanouit pleinement lorsqu'elle est enceinte, et encore plus quand le bébé bouge dans son ventre. Elle se régale de la totale dépendance de ses nourrissons. Le passage de la quarantaine a été très difficile pour elle : il était synonyme d'arrêts de ces moments d'extase.

Moi, enceinte, j'ai vécu dans la peur morbide de perdre ma fille si longuement désirée, d'autant plus en ayant à faire face à plusieurs fausses couches successives. Lorsque Charlène est née, nous venions juste d'acheter une maison. Seulement quelques jours plus tard, une de mes nouvelle et charmante voisine, m'a annoncée que dans cette maison, peu de temps auparavant, un bébé était décédé de la mort subite du nourrisson. Quelle délicatesse! Et merci pour les nuits cauchemardesques que j'ai passées ensuite!

Maman, quant à elle, prend très mal l'annonce de cette grossesse. Pas qu'elle culpabilise que sa fille ne la lui ait avouée, preuve de non confiance, mais elle fait une énorme dépression, suivie d'une sévère hépatite: les choses qu'on ne peut pas digérer... Elle refuse que les gens la félicitent d'être une future mamie. Elle ne veut pas vieillir: pour elle, vieillesse et beauté n'ont jamais fait ni bon mariage, ni beau visage. Heureusement, elle vit toujours cette histoire d'amour avec son amant, ça l'aide à tenir le coup.

Enfin, dans les premiers jours de janvier, une adorable petite poupée aux yeux bleus et à la bouille ronde, fait son apparition! Marie et Gérard n'ayant pas de logement, ils vivront tous les trois à la maison! Je me régale! Ange, c'est son prénom, envahit notre univers: je m'enivre de ses risettes, je me nourris de ses gazouillis. C'est un nouveau bonheur, c'est ma petite sœur. Elle devient, à elle toute seule, le joyau de la famille. C'est également le premier petit enfant du côté de la famille paternelle: elle est choyée de toutes parts. Il a été difficile pour elle plus tard, lorsqu'il a fallu partager toute cette affection avec ses autres frères et sœurs, et cousins cousines. Elle n'est pas jalouse mais elle n'est plus la seule dans la ligne de mire de toute la famille. Pour prouver son existence, elle a toujours travaillé énormément à l'école jusqu'à en déprimer. Elle poursuit toujours ses études à ce jour, et elle excelle en maîtrise d'histoire. Nous gardons des liens plus que privilégiés. Parfois elle me demande des conseils, ce qui est très valorisant pour moi : j'ai sa totale confiance. C'est un merveilleux petit bout de bonne femme, malheureusement peu sûre d'elle. Je souhaite qu'elle prenne plus d'assurance, qu'elle arrive elle aussi à s'accepter, à s'aimer.

Les beaux-parents de ma sœur leur offre bientôt un petit nid, où ils pourront vivre en ayant plus d'intimité. Lorsqu'ils déménagent, l'appartement semble bien vide sans eux ! Mais je vais régulièrement les voir dans leur petite maison, même si ce n'est pas la porte à côté.

CHAPITRE VINGT-NEUF

Deux mondes différents!

Mais la rencontre avec papa, lors de la naissance d'Ange, ne s'est pas passée toute en douceur: il n'a encore jamais rencontré Gérard, jeune étudiant aux longs cheveux (jusqu'en bas du dos), portant de grands pulls souvent violets ou mauves, et exhibant de merveilleux tatouages en hommage à ses théories pacifiques: « mort aux vaches » et « anarchie ». Mon père assimile les personnes ayant ces convictions à des fainéants, des parasites qui profitent de la société. Il est sans dire que les relations n'ont jamais été faciles entre cet adorateur des années « peace and love » et papa, un fervent défenseur du front national! Deux univers littéralement opposés, le chaud et le froid! Malgré leurs efforts, cela n'a jamais réellement bien fonctionné entre eux: le noir et le blanc n'ont jamais fait du gris, malgré de brefs efforts des deux côtés. Ce gendre hypothétique fait complètement honte à mon père : ceci n'a pas arrangé ses relations avec ma sœur, folle amoureuse de son atypique prince charmant. Pas étonnant qu'elle soit heureuse avec lui, il est tout l'opposé de papa !

Ce qui a atténué l'aversion de papa pour mon beau-frère, c'est que, seulement quelques jours après la naissance d'Ange, Gérard a eu un terrible accident de moto en allant voir ma sœur ! Une voiture l'a envoyé voler sur le bitume. Le casque de Gérard, mal attaché, a voltigé, et le crâne de mon petit beau-frère a souffert du choc : après plusieurs jours de coma, il s'est réveillé, avec les cheveux rasés. Il a eu un hématome sous dural et a été trépané. Un souvenir de trente-trois points de suture, en forme de fer à cheval. Tout le monde vit dans l'angoisse qu'il meurt ! Son amour de la vie l'a sûrement aidé à s'en sortir, et de plus, sans aucune séquelle physique ou neurologique ! Ce nouveau papa allait donc vivre pleinement son rôle de papa cool auprès de sa petite poupée !

Que tu as due souffrir ma petite Marie ! Que de culpabilité tu as due porter, sachant que Gérard venait te voir le jour où il a eu l'accident ! Heureusement, ta vie a été plus simple par la suite. Tu as perdu ton travail, mais les choses ont fini par se poser : Gérard a eu ses diplômes et est rentré dans la vie active.

CHAPITRE TRENTE

C'est reparti !

Maman et son amoureux décident de faire le grand saut. Ils vont vivre ensemble. Nous déménageons donc dans une nouvelle maison, à une dizaine de kilomètres plus loin. Le village est magnifique. Il y a beaucoup de vieilles pierres, et le bourg n'est constitué que de quelques maisons, et de deux commerces : une petite épicerie qui fait également dépôt de pain, et un petit bistrot qui propose des petits repas campagnards.

Ma sœur Renée et moi-même, nous disposons chacune d'une chambre dans cette maison, celle des adultes étant plus loin. Il y a un grand salon salle à manger avec une cheminée centrale, une grande cuisine, deux salles de bains et deux WC. Un grand verger entoure la maison. N'étant pas leur principal souci, maman et son amoureux n'ont pas réalisé que le patelin dans lequel nous vivons désormais, ne dispose pas de ramassage scolaire : pour nous motiver encore plus à travailler au lycée, nous devons donc faire du stop, chaque jour, à l'aller et au retour, afin de poursuivre notre scolarité. Nous arrivons rarement à l'heure, souvent avec la peur au ventre : n'allons-nous jamais rencontrer sur notre route des gens mal intentionnés ? Nous avons eu beaucoup de chance, nous avons parfois attendu des heures sous la pluie que quelqu'un daigne s'arrêter, mais nous n'avons pas eues d'autre souci. C'est à cette période que j'apprends à jouer au flipper, et à d'autres jeux de cartes. Les relevés de notes arrivent à la maison : c'est catastrophique. Mais cela ne perturbe personne. Nous sommes totalement invisibles aux yeux de maman, qui ne veut qu'une chose, la paix ! C'est la débâcle : nous avons de nouveau perdu nos repères géographiques, mais nous nous sommes également éloignées de nos amis. Heureusement, je fais rapidement connaissance avec Valérie, qui est, heureux hasard, dans la même classe que moi. Elle conduit une 125, et me propose généreusement de me conduire chaque jour : je ne suis plus obligée de faire du stop. Ce n'est pas un « pigeon » pour moi : c'est quelqu'un que j'apprécie beaucoup. Fille unique, ses parents, très riches et aimants, l'ont élevée dans le respect des autres et la simplicité.

Ma sœur Renée arrête à deux mois du passage du baccalauréat, et trouve un boulot minable dans une entreprise locale. Ainsi va la vie. Je suis rapidement intégrée dans la bande de copains de Valérie. La plupart d'entre eux vivent dans des fermes : leurs parents sont agriculteurs. Ce sont de grands propriétaires terriens : ma mère a appris que je les côtoyais, et elle espère que je vais me marier avec l'un d'entre eux. Elle pense vraiment qu'ainsi je sortirais de ses pattes, mais quand plus, une telle union la remplirait de fierté. Elle s'en moque d'un mariage d'amour : ça ne nourrit pas ! Pourtant que fait-elle, elle, avec son compagnon ? Elle n'a pas compris que ces gens riches mais très simples, ont de vraies valeurs, et que leurs intérêts du moment, c'est de profiter de la vie ! Moi-même je n'ai que seize ans et des poussières !

Nous passons donc, avec mes nouveaux amis, de longues heures à ramasser les œufs, traire les vaches, et faire les moissons. Je m'éclate avec eux. Le week-end, c'est la fête : tout le monde se lâche, et nous filons faire la « bamboula » dans les bals de la région. Nous sommes les deux seules filles, et de nouveau, je suis prise en charge, affectivement parlant par ces nouveaux amis, Valérie ayant déjà une relation sérieuse avec ce garçon qui deviendra plus tard son mari…

C'est incroyable, maintenant que j'y pense : j'ai toujours eu beaucoup d'amis, surtout du sexe masculin, dans ma vie. Ils ont tous eu par rapport à moi, un comportement presque paternaliste, en me protégeant. C'est moi qui dois engendrer ces comportements. Ce n'est sûrement pas un hasard si je réveille en eux leurs côtés plus protecteurs que séducteurs. Je suis, à l'époque, une petite chose assez maniable, pas trop compliquée pour une fille, celle qui ne se prend pas la tête avec des histoires romanesques. Ca ne m'intéresse pas du tout. Leurs activités me conviennent parfaitement, que ce soit quand ils disputent des matchs de foot, ou quand ils proposent de jouer à la pétanque. Je n'envisage pas une seconde de leur faire du charme : d'ailleurs, depuis ce tendre flirt avec Roberto, je n'ai pas revécu d'histoire amoureuse.

Je ne vois pas comment « fonctionnent » maman et son compagnon : je suis peu souvent à la maison, et ils sont rarement présents. En tous cas, lui n'a toujours pas divorcé. Ce ne doit pas être le bonheur tant espéré : quelques six mois plus tard, ils se séparent, et nous déménageons de nouveau ! Vivre ensemble et affronter la réalité, a gâché ce qu'ils pensaient être une grande histoire d'amour : ah, le poids du quotidien ! Les meubles n'ont pas le temps de prendre la poussière, qu'ils changent de place ! Nous retournons donc vivre dans cette cité ouvrière et colorée, et maman s'installe quelques années plus tard, avec un nouveau compagnon, son mari actuel.

Tous ces déménagements successifs m'ont appris à ne pas m'attacher aux lieux et aux biens : on peut toujours s'installer ailleurs, tant qu'on a des gens qu'on aime autour de soi ! J'essaie d'apprendre à ma fille que le « tape à l'œil » ne nourrit personne, et qu'au contraire, ce comportement aide à tout détruire, respect de soi et des autres. Bien sûr, il faut de l'argent pour vivre, mais l'amour et l'amitié sont plus importants pour grandir et se construire !

CHAPITRE TRENTE-ET-UN

Une soumission volontaire

Ma sœur Renée se marie à l'âge de vingt ans. Elle a rencontré un jeune homme plus âgé qu'elle. En l'épousant, elle a intégré une famille très aimante : elle est comme une fille pour ses beaux-parents qui ont enfantés deux fils. Elle représente l'idéal de la femme au foyer : elle s'arrête de travailler à la naissance de sa deuxième fille, (encore une !) et veille sur son petit monde comme une maman-louve, surveillant et protégeant ses amours. Elle attend, patiemment, le retour de son bien-aimé, lorsque celui-ci part aux champignons avec son père. Elle lui prépare ses chaussons lorsqu'il rentre du travail : il est représentant, et il rentre bien fatigué de ses déplacements. Elle mitonne de délicieux et odorants petits plats mijotés à ses chéris. Elle a compris que la vie à deux, puis à quatre, nécessite des concessions : elle est complètement dévouée, corps et âme !

Sûrement un peu trop... Ne demandant jamais rien aux autres, étant à leur service, elle mène une vie sans surprise. Mais elle n'a jamais évacué ce qu'elle a subi dans sa petite enfance, et il a vraiment fallu qu'elle déconnecte réellement, pour qu'on se rende compte de ses souffrances passées.

Lorsque je me rends chez elle, je suis surprise de la voir toujours le chiffon ou la serpillière dans les mains : c'est bien de bien tenir sa maison, mais il me semble que cela devient obsessionnel ! En l'observant davantage, je constate qu'elle lave ses sols quatre à cinq fois par jour. Je lui demande quel en est l'intérêt, et lui propose de venir plutôt se promener avec moi. Elle refuse, me répond qu'elle doit nettoyer les sanitaires pour la troisième fois aujourd'hui. Elle développe une incroyable phobie de la saleté qui peut faire tant de mal à ses petits ou à son mari ! Je me rends compte également qu'elle a énormément maigri : s'alimente-t-elle suffisamment, ou dépense-t-elle beaucoup d'énergie et de calories à briquer sa maison ? Elle m'inquiète fortement ! Je prends donc l'habitude de passer tous les jours chez elle, à des heures différentes. Cela empire : très rapidement, au bout de quelques jours, elle n'arrive plus à me cacher dans quelles souffrances et bizarreries elle s'est enfermée, sans pouvoir y remédier. Je la surprends à vider le linge de ses armoires, croyant qu'il y a des bêtes dedans. Elle a de plus en plus de plaies sur ses mains, du fait de les tremper trop souvent dans des produits d'entretien, ou parce qu'elle les frotte trop souvent ou trop sévèrement, jusqu'au sang. Je la retrouve attachée par le cou à ses chaises, avec des torchons. Ses chemises de nuit sont lacérées car elle fait de terribles et monstrueux cauchemars ! Elle m'avoue entendre des voix la harceler, lui répéter inlassablement qu'elle doit se tuer en se jetant sous un train, que c'est pour ça qu'elle s'attache à sa chaise, pour ne pas obéir. Un jour, j'arrive chez elle : elle doit être assise depuis un bon moment, la tête entre les mains, car de profondes rougeurs laissées par ses doigts marquent son visage. Elle est en danger de mort : je ne sais pas quoi faire ! J'essaie d'en parler délicatement à son mari, qui est complètement dans le déni : quand il est là, tout va bien. Il ne change rien à sa manière de vivre : il continue de se faire autant servir. Il garde ses bonnes et confortables habitudes, sans se soucier plus de ce que je lui dis. Il ne prend pas plus soin d'elle. Je la plains. Je pense qu'elle devait garder toute son énergie pour se battre et tout cacher quand il était là. C'est la seule explication qui m'aide à comprendre mon beau-frère. Après avoir questionné mes filleules, leurs deux filles, elles m'avouent que leur maman leur fait peur, qu'elle a un comportement plus que bizarre : elle demande notamment à ma nièce aînée, de lui remplir ses chèques, car elle a peur de marquer des insultes dessus. Elle, si organisée dans la prise en charge de sa maison, elle ne trie même plus le courrier. Elle a peur de lire des menaces de mort pour sa petite famille. Elle n'ouvre même plus les volets la journée, car elle a peur que des virus rentrent, ou que des bandits l'attaquent !

Moi je travaille à ce moment-là, en secteur psychiatrique. Même sans cela, il aurait fallu que je sois aveugle, ou complètement dans le déni moi aussi, pour ne rien voir pour que je continue à la laisser se détruire ainsi. Je commence donc à prévoir l'avenir proche de mes nièces : je prends contact avec leurs grands-parents paternels, afin qu'on s'organise pour les prendre en charge. C'est difficile à croire pour eux, ils ne se sont rendus compte de rien. Je leur promets de prendre la relève auprès de mes filleules, quand ma sœur ne sera plus en danger. Je les accueillerais chez moi le temps qu'il faudra. Et puis, je préviens ma sœur Marie de l'état psychologique de Renée. Cette dernière n'entend pas, (je ne la juge pas, elle a beaucoup à gérer elle aussi dans sa vie par rapport à son passé). Elle me dit que je suis manipulée par ma sœur, qu'elle joue avec moi. Il est vrai qu'elles ne se sont jamais trop bien comprises et entendues : ma sœur aînée reprochant à Renée, d'avoir été « la chouchou », et qu'elle a échappé à pas mal d'incidents en se faisant petite lors de son enfance. J'ai beau expliquer à Marie que nous avons réagi comme nous avons pu toutes les trois, du haut de nos bas âge. Elle, son instinct de survie a été de se faire oublier, laissant supposer qu'elle a échappé à tous ces drames. Nous avons assez souffert ! Ce n'est pas le moment d'en rajouter, de nous juger. Nous sommes trois victimes, au même titre les unes que les autres. Il ne faut pas s'accuser d'être coupables de quoi que ce soit : nous connaissons les vrais coupables !

J'alerte papa, et lui dis qu'il est urgent et vital d'intervenir. Renée est en danger de mort ! Dépassé par les évènements, il ne sait ni quoi faire, ni quoi dire. Je prends donc l'initiative et la décision, avec de beaucoup de culpabilité, d'emmener ma sœur aux urgences psychiatriques. Papa me regarde littéralement charger Renée dans sa voiture. Elle est très agitée, elle crie. Je lui annonce, en pleurant, que je n'ai plus le droit d'attendre, en spectatrice, qu'elle se détruise. Qu'elle est en danger, que je l'aime, et qu'elle a besoin de soins !

Je croise son regard : j'ai l'impression qu'elle me considère comme un monstre, que je la trahis ! Je me mets à douter encore plus ! Et si je me trompais !

Elle est accueillie, plusieurs heures après notre arrivée, par un spécialiste profondément humain. Déjà, pendant ces heures d'attente, elle a pensé sérieusement à son comportement de ces derniers mois. Maintenant, être ici lui fait l'effet d'un électrochoc, c'est elle qui le dit. Nous ne demandons qu'à croire à cela, et sur l'avis du médecin, nous la ramenons chez elle, tout en l'entourant sérieusement.

Elle entame rapidement une thérapie, en premier médicamenteuse, puis relationnelle. Elle me demande, ou plutôt elle exige, que je sois présente à ses côtés, lors de ces séances. Ca me gène, elle livre toute son intimité. Veut-elle que j'entende de mes oreilles, qu'elle a réellement souffert elle aussi, qu'elle n'est pas égoïste, et qu'à chaque coup que nous recevions, elle avait mal aussi ! C'est dur de la convaincre que je n'ai jamais douté de ça ! Il ne faut pas que je craque : c'est pour elle que je suis ici, pour l'aider à guérir. Et puis, à la fin d'une séance, elle me dit que maman, pour elle, n'est devenue qu'une génitrice, elle l'appelle désormais ainsi, et qu'elle m'adopte comme maman. Ca me bouleverse. Je suis plus jeune qu'elle ! Le psychiatre me rassure en m'expliquant que je suis sa maman soignante, aidante et aimante, et que cette image la rassure. C'est un pur transfert. Elle a une petite maman !

En tous cas, petite femme courageuse, elle a depuis repris goût à la vie, et est devenue vendeuse. Elle s'autorise à prendre du bon temps, rien qu'à elle. Elle entraîne notamment les enfants de son village à jouer au volley, et fait elle-même de la gymnastique dans un club : autre ouverture sur l'extérieur, qui lui permet de changer d'air et de se faire des amies. Je ne sais pas si les gens de son entourage proche ont vraiment saisi dans quoi elle est passée, de quoi elle s'est sortie. Je porte sur elle un regard chargé de fierté et de profonde tendresse. Respect « ma fille »…

Je n'oublie pas pour autant sa fragilité, et essaie de rester vigilante par rapport à son comportement, plus à l'écoute de ses contrariétés. Et surtout, je lui dis souvent combien elle est importante et précieuse pour moi, combien je l'aime !

CHAPITRE TRENTE-DEUX

S'aimer enfin !

Papa a beaucoup souffert dans sa vie, d'un point de vue médical notamment. Il a développé plusieurs cancers, et est actuellement sous machine respiratoire la nuit. Lorsque ma sœur Renée a plongé dans la dépression, nous avons enfin pu nous parler, d'adulte à adulte : cette maladie a été un réel détonateur, une bombe à retardement. Je lui ai dit à quel point je l'aime, que le passé a été douloureux, mais qu'il faut grandir avec : on ne peut pas détruire le présent en ressassant inlassablement le passé. Il faut dire les choses avant qu'il ne soit trop tard. Nous avons beaucoup pleuré tous les deux, en nous serrant dans les bras. Nous n'avons rien à nous pardonner, nous sommes précieux l'un pour l'autre. Il a suffisamment de remords, la preuve en est : toute cette culpabilité l'a rongé, physiquement (le « crabe »), et psychologiquement. On n'a pas de temps à perdre, on en a plus à rattraper ! Papa nous restitue notre passé de victimes. Il assume et a fait son mea culpa.

Pour maman, c'est plus difficile : pour le maintien de liens affectifs, il faut que nous nous voyons seulement de temps en temps. Je peux difficilement supporter le contact physique avec elle. Une fois elle a passé sa main dans mes cheveux : ce geste m'a rendue « électrique » et a réveillé un dégoût profond en moi, une réelle répulsion. Je l'ai réellement repoussée ! Je n'y associe que de l'incompréhension, je n'arrive pas à intégrer le fait quelle soit sincère ! J'ai vraiment de la colère qui bout intérieurement. J'essaie d'être plus compréhensive avec elle, mais je n'arrive pas à être sereine. Elle m'exaspère. Je suis toujours très critique, à la limite de l'injustice. Pourquoi est-ce que je n'arrive pas à vivre dans le présent avec elle ? Pourquoi j'y arrive avec papa ? Par contre, à chaque fois qu'elle en a besoin, je sais être là : je suis obligée de le savoir, c'est moi qu'elle appelle quand elle a des soucis. C'est qu'elle a confiance en moi, c'est important ! Autrement, nous pouvons aisément passer des mois sans nous voir. Nous n'en éprouvons pas le besoin, et puis pourquoi jouer avec le feu ! Lorsque nous faisons une quelconque allusion au passé, elle est complètement dans le déni : elle seule a souffert. Elle met tous les torts sur papa. Pourquoi ne se remet-elle pas plus en question ? D'autant plus depuis que ma sœur Renée et elles sont fâchées ! Je ne peux pas comprendre comment elle a fait pour être aussi forte : elle a su à quel point sa fille a été malade, en danger de mort, mais elle n'a pas réussi à faire la démarche de lui écrire un simple mot pour lui dire qu'elle l'aimait, que c'est malheureux qu'elles ne se voient plus ! Lors de leur dernière rencontre, maman a nié tout ce que ma sœur lui rappelait : elle ne nous a jamais frappées, elle n'a jamais trompé papa ! Comment pouvoir pardonner une telle négation de la réalité antérieure et toutes ces souffrances ! Maman reste, elle en est profondément convaincue, la seule victime. Je pense que maman ne se remettra jamais en question : elle en a largement les capacités intellectuelles, mais pas mentales. Maman est comme un cristal rare : elle est toute en brillance et en beauté, mais elle n'a pas intégré le fait qu'elle puisse se casser. Elle brise et désintègre les autres avant, sans sans rendre compte consciemment. Elle a été construite ainsi : si elle n'avait pas de jambes et qu'elle n'avait pas de fauteuil roulant, exigerions-nous qu'elle fasse un cent mètres ? En tous cas, comme nous avons de gros problèmes de cohabitation et de communication, je me suis permise un jour, de lui écrire une lettre. Dans celle-ci, je n'ai pas été accusatrice. Je lui ai seulement expliqué que même si je n'arrive pas à le lui dire, et que mon comportement envers elle est plus que cruel, je l'aime très fort. Je comprends que la vie n'ait pas été simple pour elle, et qu'elle a du traverser de douloureux moments dès son plus jeune âge ! Et puis, le passé est le passé, il faut savoir tourner la page ! Elle a fait de gros efforts et est maintenant une gentille maman.

Que dire d'autre???????

J'ai toujours été plus ou moins dépressive. Ce n'est pas du tout confortable. Ecrire ces lignes m'a fait prendre conscience de pleins de dysfonctionnement que j'ai en moi : de quel droit puis-je juger les autres, alors que je le fais parfois également ?

L'être humain a une construction physique plus qu'ingénieuse ! Par contre, au niveau psychique, quel labyrinthe ! Toutes ces histoires de vie, de frustrations et d'amour qui se croisent ! Que de puzzles incomplets ! Que de carences ! Mais que d'énergie et de temps perdus à ne pas apprécier le présent : à vivre dans le passé, nous oublions de savourer le présent, et nous ne pouvons que rater l'avenir…

Cet ouvrage a été édité par la Société des Écrivains
147-149 rue Saint-Honoré 75001 Paris

Tél : 0820 04 03 10 - Fax : 05 56 47 30 16
societedesecrivains.com
info@societedesecrivains.com

Imprimé en France

Votre éditeur en toute liberté

Dépôt légal 2e trimestre 2007.

ISBN 978-2-7480-3637-4